文豪たちが書いた
怪談

彩図社文芸部 編

JN131275

彩図社

序

本書には、12人の名だたる文豪たちによる怪談が13作品収録されています。

ひとくちに「怪談」と言っても、作家によって全く違った味わいの物語を楽しむことができるような選定を心がけました。

例えば、女優の体に人面の腫物《できもの》が現れるという奇怪な映画を扱った『人面疽《じんめんそ》』（谷崎潤一郎）や、幻想的な筆致で人間の狂気を描いた『沼』（芥川龍之介）、グロテスクな食人嗜好小説『悪魔の舌』（村山槐多《むらやまかいた》）、鏡の世界に囚われた男の物語を独特の文体で綴る『鏡地獄』（江戸川乱歩）……など、どれも違った「怖さ」が迫ってくる作品です。

文豪たちが誘う、美しくも恐ろしい小説世界をご堪能いただければ、編者にとってこれに勝る喜びはありません。

目次

文豪たちが書いた
怪談

怪夢《かいむ》（抄）

夢野久作

工場

厳《おごそ》かに明るくなって行く鉄工場の霜朝《しもあさ》である。

二三日前からコークスを焚き続けた大坩堝《おおるつぼ》が、鋳物《いもの》工場の薄暗がりの中で、夕日のように熟し切っている時刻である。

黄色い電燈の下で、汽鑵《ボイラー》の圧力計指針《はり》が、二百封度《ポンド》を突破すべく、無言の戦慄を続けている数分間である。

真黒く煤《すす》けた工場の全体に、地下千尺《しゃく》の静けさが感じられる一刹那《せつな》である。

……そのシンカンとした一刹那が暗示する、測り知れない、ある不吉な予感……この工場が破裂してしまいそうな……。

私は悠々と腕を組み直した。そんな途方もない、想像の及ばない出来事に対する予感を、心の奥底で冷笑しつつ、高い天井のアカリ取り窓を仰いだ。そこから斜めに、青空はるかに黒煙を吐き出す煙突を見上げた。その斜《なな》めに傾いた煙突の半面が、旭《あさひ》のオリーブ色をクッキリと輝かしながら、今にも頭の上に倒れかかって来るような錯覚の眩暈《めまい》を感じつつ、頭を強く左右に振った。

私は、私の父親が頓死《とんし》をしたために、まだ学士になったばかりの無経験のまま、この工場を受け継がせられた……そうしてタッタ今、生れて初めての実地作業を指揮すべく、引っぱり出されたのである。若い、新米の主人に対する職工たちの侮辱と、冷罵《れいば》とを予期させられつつ……。

しかし私の負けじ魂は、そんな不吉な予感のすべてを、腹の底の底の方へ押し隠してしまった。誇りかな気軽い態度で、バットを横啣《よこぐわ》えにしいしい、持場持場についている職工たちの白い呼吸を見まわした。

私の眼の前には巨大なフライトホイールが、黒い虹のようにピカピカと微笑している。その向うに消え残っている昨夜からの暗黒の中には、大小の歯車が幾個となく、無限の歯噛《はが》みをし合っている。

ピストンロッドは灰色の腕をニューと突き出したまま……。水圧打鋲機《だびょうき》は天井裏の暗がりを睨《にら》み上げたまま……。スチームハムマーは片足を持ち上げたまま……。

……すべてが超自然の巨大な馬力と、物理原則が生む確信とを百パーセントに身構えて、私の命令一下《いっか》を待つべく、飽くまでも静まりかえっている。

……シイ――イイ……という音がどこからともなく聞こえるのは、セーフチーバルブの唇を洩《も》るスチームの音であろう……それとも私の耳の底の鳴る音か……。

私の背筋を或る力が伝わった。右手が自《おのずか》ら高く揚《あが》った。

職工長がうなずいて去った。

……極めて徐々に……徐々に……工場内に重なり合った一切の機械が眼醒《めざ》めはじめる。

工場の隅から隅まで、スチームが行き渡り初めたのだ。

そうして次第次第に早く……遂《つい》には眼にも止まらぬ鉄の眩覚が私の周囲から一時に渦巻

き起る。……人間……狂人……超人……野獣……猛獣……怪獣……巨獣……それらの一切の力を物ともせぬ鉄の怒号……如何《いか》なる偉大なる精神をも一瞬の中《うち》に恐怖と死の錯覚の中に誘い込まねば措《お》かぬ真黒な、残忍冷酷な呻吟《しんぎん》が、到る処に転がりまわる。

今までに幾人となく引き裂かれ、切り千切《ちぎ》られ、タタき付けられた女工や、幼年工の亡霊を嘲《あざけ》る響き……。

このあいだ打ち砕かれた老職工の頭蓋骨を罵倒する声……。

ずっと前にヘシ折られた大男の両足を愚弄《ぐろう》する音……。

すべての生命を冷眼視し、度外視して、鉄と火との激闘に熱中させる地獄の騒音……。

はるかの木工場から咽《むせ》んで来る旋回円鋸機《せんかいえんきょき》の悲鳴は、首筋から耳の付け根を伝わって、頭髪の一本一本毎《ごと》に沁み込んで震える。あの音も数本の指と、腕と、人の若者の前額《ぜんがく》を斬り割いた。その血しぶきは今でも梁木《はりき》の胴腹に黒ずんで残っている。

私の父親は世間から狂人扱いにされていた。それは仕事にかかったが最後、昼夜ブッ通しに、血も涙もない鋼鉄色の瞳をギラギラさせる、無学な、醜怪な老職工だからであった。それがこの工場の十字架であり、誇りであると同時に、数十の鉄工所に対する不断の脅威となっていたからであった。

だから人体の一部分、もしくは生命そのものを奪った経験を持たぬ機械は、この工場に一つもなかった。真黒い壁や、天井の隅々までも血の絶叫と、冷笑が染み込んでいた。それ程左様にこの工場の職工達は熱心であった。それ程左様にこの工場の機械等《ら》は真剣であった。

しかも、それ等の一切を支配して、鉄も、血も、肉も、霊魂も、残らず蔑視して、木ッ葉の如く相闘わせ、相呪わせる……そうして更に新しく、偉大な鉄の冷笑を創造させる……それが私の父親の遺志であった。……と同時に私が微笑すべき満足ではなかったか……。

「ナアニ。やって見せる。児戯《じぎ》に類する仕事だ……」

私は腕を組んだまま悠々と歩き出した。まだまだこれからドレ位の生霊を、鉄の餌食《えじき》に投げ出すか知れないと思いつつ……馬鹿馬鹿しいくらい荘厳な全工場の、叫喚《きょうかん》、大叫喚を耳に慣れさせつつ……残虐を極めた空想を微笑させつつ運んで行く、私の得意の最高潮……。

「ウワッ。タタ大将オッ」

という悲鳴に近い絶叫が私の背後に起った。

「……又誰かやられたか……」

と私は瞬間に神経を冴えかえらせた。そうしておもむろに振り返った私の鼻の先へ、クレエンに釣られた太陽色の大坩堝が、白い火花を一面に鏤《ちりば》めながらキラキラとゆらめき迫っていた。触れるもののすべてを燃やすべく……。

私は眼が眩《くら》んだ。ポムプの鋳型を踏み砕いて飛び退いた。全身の血を心臓に集中さしたまま木工場の扉《ドア》に衝突して立ち止まった。

私の前に五六人の鋳物工が駆け寄って来た。ピョコピョコと頭を下げつつ不注意を詫びた。その顔を見まわしながら私はポカンと口を開いていた。……額と、頬と、鼻の頭に受けた軽い火傷に、冷たい空気がヒリヒリと沁みるのを感じていた……そうして工場全体の物音が一つ一つに嘲笑しているのを聴いていた……。

「エヘヘヘヘヘヘヘ」

「オホホホホホホホ」

「イヒヒヒヒヒヒヒ」

「ハハハハハハハハ」

「フフフフフフフフ」

「ゲラゲラゲラゲラゲラ」

「ガラガラガラガラガラ」
「ゴロゴロゴロゴロゴロ」
「……ザマア見やがれ……」

病院

私はいつの間にか頑丈《がんじょう》な鉄の檻《おり》の中に入れられている。白い金巾《かなきん》の患者服を着せられて、ガーゼの帯を捲き付けられて、コンクリートの床のまん中に大の字型《なり》に投げ出されている。

……精神病院らしい……。

しかし私は驚かなかった。そのまま声も立てずにジット考えた。ここが精神病院だとわかれば、騒いでも無駄だからである。騒げば騒ぐほど非道《ひど》い目に合う事がわかり切っているからである。おまけに今は深夜である。かなり大きい病院らしいのにコットリとも物音がしない。……騒いではいけない、憤《おこ》ってはいけない。否々《いな》。泣いても笑ってもいけないのだ。いよいよキチガイと思われるばかりだから……。

私はそろそろとコンクリートの床のまん中に坐り直した。両手を膝の上に並べて静坐をして、眼を半眼に開いて、檻の鉄棒の並んだ根元を凝視した。神経を鎮めるつもりで……。果して私の神経はズンズンと鎮静して行った。かなり広い病院の隅から隅までシンカンとなって……。

その時であった。私が正面している鉄の檻の向うから誰か一人ポッポッと歩いて来た。それは白い診察着を着た若い男らしく、私が坐っているコンクリートの床よりも一尺ばかり高くなっている板張りの廊下を、何か考えているらしい緩やかな歩度《ほど》でコトリコトリと近付いて来るのであったが、やがて私の檻の前まで来るとピッタリと立ち止まった。そうして両手をポケットに突込んだまま、ジット私を見下しているらしく、爪先を揃えたスリッパ兼用の靴が、私の上瞼《うわまぶた》の下に並んだまま動かなくなった。

私はソロソロと顔を上げた。

その私の視界の中には、まず膝の突んがった縞《しま》のズボンと、インキの汚染《しみ》のついた診察着が這入《はい》って来た……が……それはどこかで見た事のある縞ズボンと診察着であった……と思ってチョット眼を閉じて考えたが……間もなく私はハッと気付いた。眼をまん丸く剥き出して、その顔を見上げた。

それは私が予想した通りの顔であった。……青白く痩せこけて……髪毛《かみのけ》をクシャクシャに掻き乱して……無精髪《ぶしょうがみ》を蓬々《ぼうぼう》と生やして……憂鬱な黒い瞳《め》を伏せた……受難のキリストじみた……。

それは私であった……嘗《かつ》てこの病院の医務局で勉強していた私に相違なかった。

私の胸が一しきりドキドキドキドキドキと躍り出した。そうして又ドクドクドク……コツコツコツコツと静まって行った。

診察着の背後《うしろ》の巨大な建物の上を流れ漂う銀河が、思い出したようにギラギラと輝いた。

……と……同時に私は、一切の疑問が解決したように思った。私を精神病患者にして、この檻に入れたのは、たしかにこの鉄格子の外に立っている診察着の私であった。この診察着の私は、あまりに自分の脳髄を研究し過ぎた結果、精神に異状を呈して、自分と間違えてこの私を、ここにブチ込んだものに相違なかった。この「診察着の私」さえ居なければ私は、こんなにキチガイ扱いされずとも済む私であったのだ。

そう気が付くと同時に私は思わずカッとなった。吾を忘れて、鉄檻の外の私の顔を睨み付けながら怒鳴った。

「……何しに来たんだ……貴様は……」

その声は病院中に大きな反響を作ってグルグルまわりながら消え失せて行った。しかし外の私は少しも表情を動かさなかった。診察着のポケットに両手を突込んだまま、依然として基督《キリスト》じみた憂鬱な眼付で見下しつつ、静かな、澄明《ちょうめい》な声で答えた。

「お前を見舞いに来たんだ」

私はイヨイヨカッとなった。

「……見舞いに来る必要はない。コノ馬鹿野郎……早く帰れ。そうして自分の仕事を勉強しろ……」

そういう私の荒っぽい声の反響を聞いているうちに私は、自分の眼がしらがズウーと熱くなって来るように思った……何故だかわからないまま……しかし外の私はイヨイヨ冷静になったらしく、その薄い唇の隅に微《かすか》な冷笑を浮かべたのであった。

「お前をこうやって監視するのが、俺の勉強なのだ。お前が完全に発狂すると同時に俺の研究も完成するのだ。……もうジキだと思うんだけれど……」

「おのれ……コノ人非人《にんぴにん》。キ……貴様はコノ俺を……オ……オモチャにして殺すのか……コ、コ、コノ冷血漢……」

「科学はいつも冷血だ……ハハ……」

相手は白い歯を出して笑った。突然に空を仰いで……嘯《うそぶ》くように……。

私は夢中になった。イキナリ立ち上って檻の中から両手を突き出した。相手の白い診察着の襟《えり》を掴んでコヅキ廻した。

「……サ……ここから出せ……出してくれ……この檻の中から……そうして一緒に研究を完成しようじゃないか……ね……ね……後生《ごしょう》だから……」

私は思わず熱い涙に咽《む》せんだ。その塩辛い幾流れかを咽喉《のど》の奥へ流し込んだ。けれども診察着の私は抵抗もしなければ、逃げもしなかった。そうして患者服の私に小突かれながら苦しそうに云った。

「……ダ……メ……ダ……お前は俺の……大切な研究材料だ……ここを出す事は出来ない」

「ナ……ナ……何だと……」

「お前を……ここから出しちゃ……実験にならない……」

私は思わず手をゆるめた。その代りに相手の顔を、自分の鼻の先に引き付けて、穴の明く程覗き込んだ。

「……何だと！　モウ一ペン云って見ろ」

「何遍云ったっておんなじ事だよ。俺はお前をこの檻の中に封じ籠《こ》めて、完全に発狂させなければならないのだ。その経過報告が俺の学位論文になるんだ。国家社会のために有益な……」

「……エエッ……勝手に……しやがれ……」

と云いも終らぬうちに私は、相手のモシャモシャした頭の毛を引っ掴んだ。その眼と鼻の間へ、一撃を食らわした。そうして鼻血をポタポタと滴らしながらグッタリとなった身体を、力一パイ向うの方へ突き飛ばすと、深夜の廊下に夥《おびただ》しい音を立てて……ドターン……と長くなった。そのまま、死んだように動かなくなった。

「……ハッハッハッ……ザマを見ろ……アハアハアハアハ」

心中

森鴎外

お金《きん》がどの客にも一度はきっとする話であった。どうかして間違って二度話し掛けて、その客に「ひゅうひゅうと云うのだろう」なんぞと、先《せん》を越して云われようものなら、お金の悔やしがりようは一通りではない。なぜと云うに、あの女は一度来た客を忘れると云うことはないと云って、ひどく自分の記憶を恃《たの》んでいたからである。

それを客の方から頼んで二度話して貰ったものは、恐らくは僕一人であろう。それは好く聞いて覚えて置いて、いつか書こうと思ったからである。

お金はあの頃いくつ位だったかしら。「おばさん、今晩は」なんと云うと、「まあ、あんまり可哀そうじゃありませんか」と真面目に云って、救を求めるように一座を見渡したものだ。「おい、万年新造《しんぞ》」と云うと、「でも新造だけは難有《ありがた》いわねえ」と云って、心《しん》から嬉しいのを隠し切れなかったようである。とにかく三十は慥《たし》かに越していた。

僕は思い出しても可笑《おか》しくなる。お金は妙な癖のある奴だった。妙な癖だとは思いながら、あいつのいないところで、その癖をはっきり思い浮べて見ようとしても、どうも分からなかった。しかし度々見るうちに、僕はとうとう覚えてしまった。お金を知っている人は沢山あるが、こんな事をはっきり覚えているのは、これも矢っ張僕一人かも知れない。癖と云うのはこうである。

お金は客の前へ出ると、なんだか一寸《ちょっと》坐わっても直ぐに又立たなくてはならないと云うような、落ち着かない坐わりようをする。それが随分長く坐わっている時でもそうである。そしてその客の親疎《しんそ》によって、「あなた大層お見限りで」とか、「どうなすったの、鼬《いたち》の道はひどいわ」とか云いながら、左の手で右の袂《たもと》を撮《つま》んで前に投げ出す。その手を吭《のど》の下に持って行って襟《えり》を直す。直すかと思うと、その手を下へ引くのだが、その引きようが面白い。手が下まで下りて来る途中で、左の乳房を押えるような運動をする。さて下りたかと思うと、その手が直ぐに又上がって、手の甲が上になって、鼻の下を右から左へ横に通り掛かって、途中で留まって、口を掩《おお》うような恰好になる。手をこう云う位置に置いて、いつでも何かしゃべり続けるのである。尤《もっと》も乳房を押えるような運動は、折々右の手でする事もある。その時は押えられるのが右の乳房である。

僕はお金が話したままをそっくりここに書こうと思う。頃日《このごろ》僕の書く物の総ては、神聖なる評論壇が、「上手な落語のようだ」と云う紋切形の一言で褒めてくれることになっているが、若《も》し今度も同じマンション・オノレエルを頂戴したら、それをそっくりお金にお祝儀に遣れば好《い》いことになる。

＊　＊　＊

話は川桝《かわます》と云う料理店での出来事である。但しこの料理店の名は遠慮して、わざと嘘の名を書いたのだから、そのお積りに願いたい。

そこで川桝には、この話のあった頃、女中が十四五人いた。それが二十畳敷の二階に、目刺《めざし》を並べたように寝ることになっていた。まだ七十近い先代の主人が生きていて、隠居為事《しごと》にと云うわけでもあるまいが、毎朝五時が打つと二階へ上がって来て、寝ている女中の布団を片端《かたっぱし》からまくって歩いた。朝起は勤勉の第一要件である。お爺いさんのする事は至って殊勝なようであるが、女中達は一向敬服していなかった。それればかりではない。女中達はお爺いさんを、蔭で助兵衛爺《すけべえじい》さんと呼んでいた。これはお爺いさんが為めにする所あって布団をまくるのだと思って附けた渾名《あだな》である。そしてそれが全くの寃罪《えんざい》でもなかったらしい。

暮に押し詰まって、毎晩のように忘年会の大一座があって、女中達は目の廻るように忙《せわ》しい頃の事であった。或る晩例の目刺の一疋《ぴき》になって寝ているお金が、夜なかにふいと目を醒《さ》ました。外の女ならこんな時手水《ちょうず》にでも起きるのだが、お金は小用の遠い性《たち》で、寒い晩でも十二時過ぎに手水に行って寝ると、夜の明けるまで行かずに済ますのである。お金はぼんやりして、広間の真中に吊るしてある電灯を見ていた。女中達は皆好く寐《ね》ている様子で、所々で歯ぎしりの音がする。

その晩は雪の夜であった。寝る前に手水に行った時には綿をちぎったような、大きい雪が盛んに降って、手水鉢《ちょうずばち》の向うの南天と竹柏《なぎ》の木とにだいぶ積って、竹柏の木の方は飲み過ぎたお客のように、よろけて倒れそうになっていた。お金はまだ降っているかしらと思って、耳を澄まして聞いているが、折々風がごうと鳴って、庭木の枝に積もった雪のなだれ落ちる音らしい音がする外には、只方々の戸がことこと震うように鳴るばかりで、まだ降っているのだか、もう歇《や》んでいるのだか分からない。

暫くすると、お金の右隣に寝ている女中が、むっくり銀杏返《いちょうがえ》しの頭を擡《もた》げて、お金と目を見合せた。お松と云って、痩せた、色の浅黒い、気丈な女で、年は十九だと云っているが、その頃二十五になっていたお金が、自分より精々二つ位しか若くはないと思っていたと云うのである。

「あら。お金さん。目が醒めているの。わたしだいぶ寝たようだわ。もう何時」

「そうさね。わたしも目が醒めてから、まだ時計は聞かないが、二時頃だろうと思うわ」

「そうでしょうねえ。わたし一時間は慥かに寝たようだから。寝る前程寒かないことね」

「宵のうち寒かったのは、雪が降り出す前だったからだよ。降っている間は寒かないのさ」

「そうかしら。どれ憚《はばか》りに行って来よう。お金さん附き合わなくって」

「寒くないと云ったって、矢っ張寝ている方が勝手だわ」

「友達甲斐《がい》のない人ね。そんなら為方《しかた》がないから一人で行くわ」

お松は夜着の中から滑り出て、鬆《ゆる》んだ細帯を締め直しながら、梯子段《はしごだん》の方へ歩き出した。二階の上がり口は長方形の間の、お松やお金の寝ている方角と反対の方角に附いているので、二列に頭を衝き合せて寝ている大勢の間を、お松は通って行かなくてはならない。

お松が電灯の下がっている下の処まで歩いて行ったとき、風がごうと鳴って、だだだあと云う音がした。雪のなだれ落ちた音である。多分庭の真ん中の立石《たていし》の傍《そば》にある大きい松の木の雪が落ちたのだろう。お松は覚えず一寸立ち留まった。

この時突然お松の立っている処と、上がり口との中途あたりで、「お松さん、待って頂戴、一しょに行くから」と叫ぶように云った女中がある。

そう云う声と共に、むっくり島田髷《しまだまげ》を擡《もた》げたのは、新参のお花と云う、色の白い、髪の縮《ちぢ》れた、おかめのような顔の、十六七の娘である。

「来るなら、早くおし」お松は寝巻の前を掻き合せながら一足進んで、お花の方へ向いた。

「わたしこわいから我慢しようかと思っていたんだけれど、お松さんと一しょなら、矢っ張行った方が好《い》いわ」こう云いながら、お花は半身起き上がって、ぐずぐずしている。

「早くおしよ。何をしているの」

「わたし脱いで寝た足袋を穿いているの」

「じれったいねえ」お松は足踏をした。

「もう穿けてよ。勘辨《かんべん》して頂戴、ね」お花はしどけない風をして、お松に附いて梯子を降りて行った。

便所は女中達の寝る二階からは、生憎《あいにく》遠い処にある。梯子を降りてから、長い、狭い廊下を通って行く。その行き留まりにあるのである。廊下の横手には、お客を通す八畳の間が両側に二つずつ並んでいてそのはずれの処と便所との間が、右の方は女竹《めだけ》が二三十本立っている下に、小さい石燈籠《いしどうろう》の据えてある小庭になっていて、左の方に茶室賽《まが》いの四畳半があるのである。

いつも夜なかに小用に行く女中は、竹のさらさらと摩《す》れ合う音をこわがったり、花崗石《みかげいし》の石燈籠を、白い着物を着た人がしゃがんでいるように見えると云ってこわがったりする。或る時又用を足している間じゅう、四畳半の中で、女の泣いている声がしたので、帰りに障子を開けて見たが、人はいなかったと云ったものがある。これは友達をこわがらせる為めに、造り事を言ったのであるが、その話を聞いてからは、便所の往《ゆ》き返りに、とかく四畳半が気になってならないのである。殊に可笑しいのは、その造り事を言った当人が、それを言ってからは四畳半がこわくなって、とうとう一度は四畳半の中で、本当に泣声がしたように思って、便所の帰りに大声を出して人を呼んだことがあったのである。

＊　＊　＊

お金は二人が小用に立った跡で、今まで気の附かなかった事に気が附いた。それはお花の空床《あきどこ》の隣が矢張空床になっていることであった。二つ並んで明いているので、目立ったのである。

そして、「ああお蝶さんがまだ寝ていないが、どうしたのだろう」と思った。お花の隣の空床の主はお蝶と云って、今年の夏田舎から初奉公に出た、十七になる娘である。お蝶は下野《しもつけ》の結城《ゆうき》で機屋をして、困らずに暮しているものの一人娘であるが、婿を嫌って逃げ出して来たと云うことであった。間もなく親元から連れ戻しに親類が出たが、強情を張って帰らない。親類も川桝の店が、料理店ではあっても、堅い店だと云うことを呑み込んで、とうとう娘の身の上をこの内のお上さんに頼んで置いて帰ってしまった。それが帰ると、又間もなく親類だと云って、お蝶を尋ねて来た男がある。十八九ばかりの書生風の男で、浴帷子《ゆかた》に小倉袴《こくらばかま》を穿いて、麦藁《むぎわら》帽子を被って来たのを、女中達が覗いて見て、高麗蔵《こまぞう》のした「魔風《まかぜ》恋風」の東吾《とうご》に似た書生さんだと云って騒いだ。それから寄ってたかってお蝶を揶揄ったところが、おとなしいことはおとなしくても、意気地のある、張りの強いお蝶は、佐野と云うその書生さんの身の上を、さっぱりと友達に打ち明けた。佐野さんは親が坊さんにすると云って、例の殺生石《せっしょうせき》の伝説で名高い、源翁《げんおう》禅師を開基としている安穏《あんおん》寺《じ》に預けて置くと、お蝶が見初《みそ》めて、いろいろにして近附いて、最初は容易に聴かなかったのを納得させた。婿を嫌ったのは、佐野さんがあるからの事であった。安穏寺の住職は東京で新しい教育を受けた、物分りの好い人なので、佐野さんの人柄を見て、うるさく品行を非難するような事をせずに、「君は僧侶になる柄の人ではないから、今のうちに廃《よ》し給え」と云って、寺を何がなしに逐《お》い出してしまった。そこで佐野さんは、内情を知らない親達が、住職の難癖を附けずに出家を止めるのを聞いて、げにもと思うらしいのに勢を得て、お蝶より先きに東京に出て、或る私立学校に這入《はい》った。お蝶が東京に出たのは、佐野さんの跡を慕って来たのであった。

佐野さんはその後も、度々川桝へお蝶に逢いに来て、一寸話しては帰って行く。お客になって来たことはない。お蝶の親元からも度々人が出て来る。婿取の話が矢張続いているらしい。婿は機屋と取引上の関係のある男で、それをことわっては、機屋で困るような事情があるらしい。佐野さんは、初めはお蝶をなだめ賺《すか》すようにしてあしらっている様子であったが、段々深くお蝶に同情して来て、後にはお蝶と一しょになって、機屋一家に対してどうしようか、こうしようかと相談をする立場になったらしい。

こう云う入り組んだ事情のある女を、そのまま使っていると云うことは、川桝ではこれまでついぞなかった。それを目をねむって使っているには、わけがある。一つはお蝶がひどくお上さんの気に入っている為めである。田舎から出た娘のようではなく、何事にも好く気が附いて、好く立ち働くので、お蝶はお客の褒めものになっている。国から来た親類には、随分やかましい事を言われる様子で、お蝶はいつも神妙に俯向《うつむ》いて話を聞いていても、その人を帰した跡では、直ぐ何事もなかったように弾力を回復して、元気よく立ち働く。そしてその口の周囲には微笑の影さえ漂っている。一体お蝶は主人に間違ったことで小言を言われても、友達に意地悪くいじめられても、その時は困ったような様子で、謹んで聞いているが、直ぐ跡で機嫌を直して働く。そして例の微笑《ほほえ》んでいる。それが決して人を馬鹿にしたような微笑ではない。怜悧《れいり》で何もかも分かって、それで堪忍して、おこるの怨むのと云うことはしないと云う微笑である。「あの、笑靨《えくぼ》よりは、口の端《はた》の処に、竪《たて》にちょいとした皺《しわ》が寄って、それが本当に可哀うございましたの」と、お金が云った。僕はその時リオナルドオ・ダア・インチのかいたモンナ・リザの画を思い出した。お客に褒められ、友達の折合も好い、愛敬《あいきょう》のあるお蝶が、この内のお上さんに気に入っているのは無理もない。

今一つ川桝でお蝶に非難を言うことの出来ないわけがある。それは外の女中がいろいろの口実を拵《こしら》えて暇を貰うのに、お蝶は一晩も外泊をしないばかりでなく、昼間も休んだことがない。佐野さんの来るのを傍輩《ほうばい》がかれこれ云っても、これも生帳面《きちょうめん》に素話《すばなし》をして帰るに極《き》まっている。どんな約束をしているか、どう云う中か分からないが、みだらな振舞をしないから、不行跡《ふぎょうせき》だと云うことは出来ない。これもお蝶の信用を固うする本になっているのである。

お金は宵に大分遅くなってから、佐野さんが来たのを知っている。外の女中も知っている。こんな事はこれまでもあったが、女中達が先きに寝て、暫く立ってから目が醒めて見れば、いつもお蝶はちゃんと来て寝ていたのである。それが今夜は二時を過ぎたかと思うのに、まだ床に戻っていない。何と云う理由《わけ》もなく、お金はそれが直ぐに気になった。どうも色になっている二人が逢って話をしているのだと云う感じではなくて、何か変った事でもありはしないかと気遣われるような感じがしたのである。

＊　＊　＊

お花はお松の跡に附いて、「お松さん、そんなに急がないで下さいよ」と云いながら、一しょに梯子段を降りて、例の狭い、長い廊下に掛かった。

二階から差している明りは廊下へ曲る角までしか届かない。それから先きは便所の前に、一燭《しょく》ばかりの電灯が一つ附いているだけである。それが遠い、遠い向うにちょんぼり見えていて、却《かえっ》てそれが見える為めに、途中の暗黒が暗黒として感ぜられるようである。心理学者が「闇その物が見える」と云う場合に似た感じである。

「こわいわねえ」と、お花は自分の足の指が、先きに立って歩いているお松の踵《かかと》に障るように、食っ附いて歩きながら云った。

「笑談《じょうだん》お言いでない」お松も実は余り心丈夫でもなかったが、半分は意地で強そうな返事をした。

二階では稀《まれ》に一しきり強い風が吹き渡る時、その音が聞えるばかりであったが、下に降りて見ると、その間にも絶えず庭の木立の戦《そよ》ぐ音や、どこかの開き戸の蝶番《ちょうつがい》の弛《ゆる》んだのが、風にあおられて鳴る音がする。その間に一種特別な、ひゅうひゅうと、微《かす》かに長く引くような音がする。どこかの戸の隙間から風が吹き込む音ででもあるだろうか。その断えては続く工合が、譬《たと》えば人がゆっくり息をするようである。

「お松さん。ちょいとお待ちよ」お花はお松の袖を控えて、自分は足を止めた。

「なんだねえ。出し抜けに袖にぶら下がるのだもの。わたしびっくりしたわ」お松もこうは云ったが、足を止めた。

「あの、ひゅうひゅうと云うのはなんでしょう」

「そうさねえ。梯子を降りた時から聞えてるわねえ。どこかここいらの隙間から風が吹き込むのだわ」

二人は暫く耳を欹《そばだ》てて聞いていた。そしてお松がこう云った。「なんでもあんまり遠いとこじゃなくってよ。それに板の隙間では、あんな音はしまいと思うわ。なんでも障子の紙かなんかの破れた処から吹き込むようだねえ。あの手水場の高い処にある小窓の障子かも知れないわ。表の手水場のは硝子《ガラス》戸だけれども、裏のは紙障子だわね」

「そうでしょうか。いやあねえ。わたしもう手水なんか我慢して、二階へ帰って寝ようかしら」

「馬鹿な事をお言いでない。わたしそんなお附合いなんか御免だわ。帰りたけりゃあ、花ちゃんひとりでお帰り」

「ひとりではこわいから、そんなら一しょに行ってよ」

二人は又歩き出した。一足歩くごとに、ひゅうひゅうと云う音が心持近くなるようである。障子の穴に当たる風の音だろうとは、二人共思っているが、なんとなく変な音だと云う感じが底にあって、それがいつまでも消えない。

お花は息を屏《っ》めてお松の跡に附いて歩いているが、頭に血が昇って、自分の耳の中でいろいろな音がする。それでいて、ひゅうひゅうと云う音だけは矢張際立って聞えるのである。お松も余り好い気持はしない。お花が陽にお松を力にしているように、お松も陰にはお花を力にしているのである。

便所が段々近くなって、電灯の小さい明りの照し出す範囲が段々広くなって来るのがせめてもの頼みである。

二人はとうとう四畳半の処まで来た。右手の壁は腰の辺から上が硝子戸になっているので、始《はじめ》て外が見えた。石燈籠の笠には雪が五六寸もあろうかと思う程積もっていて、竹は何本か雪に撓《たわ》んで地に着きそうになっている。今立っている竹は雪が堕ちた跡で、はね上がったのであろう。雪はもう降っていなかった。

二人は覚えず足を止めて、硝子戸の外を見て、それから顔を見合わせた。二人共相手の顔がひどく青いと思った。電灯が小さいので、雪明りに負けているからである。

ひゅうひゅうと云う音は、この時これまでになく近く聞えている。

「それ御覧なさい。あの音は手水場でしているのだわ」お松はこう云ったが、自分の声が不断と変っているのに気が附いて、それと同時にぞっと寒けがした。

お花はこわくて物が言えないのか、黙って合点《がってん》々々をした。

二人は急いで用を足してしまった。そして前に便所に這入る前に立ち留まった処へ出て来ると、お松が又立ち留まって、こう云った。

「手水場の障子は破れていなかったのねえ」

「そう。わたし見なかったわ。それどこじゃないのですもの。さあ、こんなとこにいないで、早く行きましょう」お花の声は震えている。

「まあ、ちょいとお待ちよ。どうも変だわ。あの音をお聞き。手水場の中よりか、矢っ張ここの方が近く聞えるわ。わたしきっとこの四畳半の障子だと思うの。ちょっと開けて見ようじゃないか」お松はこん度常の声が出たので、自分ながら気強く思った。

「あら。およしなさいよ」お花は慌てて、又お松の袖にしがみ附いた。

お松は袖を攫《つか》まえられながら、じっと耳を澄まして聞いている。直《じ》き傍《そば》のように聞えるかと思うと、又そうでないようにもある。慥《たし》かに四畳半の中だと思われる時もあるが、又どうかすると便所の方角のようにも聞える。どうも聞き定めることが出来ない。

僕にお金が話す時、「どうしても方角がしっかり分からなかったと云うのが不思議じゃありませんか」と云ったが、僕は格別不思議にも思わない。聴くと云うことは空間的感覚ではないからである。それを強《し》いて空間的感覚にしようと思うと、ミュンステルベルヒのように内耳の迷路で方角を聞き定めるなどと云う無理な議論も出るのである。

お松は少し依怙《えこ》地《じ》になったのと、内々はお花のいるのを力にしているのとで、表面だけは強そうに見せている。

「わたし開けてよ」と云いさま、攫まえられた袖を払って、障子をさっと開けた。

廊下の硝子障子から差し込む雪明りで、微かではあるが、薄暗い廊下に慣れた目には、何もかも輪郭だけはっきり知れる。一目室内を見込むや否や、お松もお花も一しょに声を立てた。

お花はそのまま気絶したのを、お松は棄てて置いて、廊下をばたばたと母屋《おもや》の方へ駈け出した。

＊　＊　＊

川桝の内では一人も残らず起きて、廊下の隅々の電灯まで附けて、主人と隠居とが大勢のものの騒ぐのを制しながら、四畳半に来て見た。直ぐに使を出したので、医師が来る。巡査が来る。続いて刑事係が来る。警察署長が来る。気絶しているお花を隣の明間《あきま》へ抱えて行く。狭い、長い廊下に人が押し合って、がやがやと罵《ののし》る。非常な混雑であった。

四畳半には鋭利な刃物で、気管を横に切られたお蝶が、まだ息が絶えずに倒れていた。ひゅうひゅうと云うのは、切られた気管の疵口《きずぐち》から呼吸をする音であった。お蝶の傍には、佐野さんが自分の頸《くび》を深く剜《えぐ》った、白鞘《しらさや》の短刀の柄《つか》を握って死んでいた。頸動脈《けいどうみゃく》が断たれて、血が夥《おびただ》しく出ている。火鉢の火には灰が掛けて埋《うず》めてある。電灯には血の痕《あと》が附いている。佐野さんがお蝶の吭《のど》を切ってから、明りを消して置いて、自分が死んだのだろうと、刑事係が云った。佐野さんの手で書いて連署した遺書が床の間に置いてあって、その上に佐野さんの銀時計が文鎮にしてあった。お蝶の名だけはお蝶が自筆で書いている。文面の概略はこうである。「今年の暮に機屋一家は破産しそうである。それはお蝶が親の詞《ことば》に背《そむ》いた為めである。お蝶が死んだら、債権者も過酷な手段は取るまい。佐野も東京には出て見たが、神経衰弱の為めに、学業の成績は面白くなく、それに親戚から長く学費を給してくれる見込みもないから、お蝶が切に願うに任せて、自分は甘んじて犠牲になる」書いてある事は、ざっとこんな筋であったそうだ。

川桝へ行く客には、お金が一人も残さず話すのだから、この話を知っている人は世間に沢山あるだろう。事によると、もう何かに書いて出した人があるかも知れない。

沼

芥川龍之介

おれは沼のほとりを歩いている。

昼か、夜か、それもおれにはわからない。唯、どこかで蒼鷺《あおさぎ》の啼く声がしたと思ったら、蔦葛《つたかずら》に掩《おお》われた木々の梢《こずえ》に、薄明りの仄《ほの》めく空が見えた。

沼にはおれの丈《たけ》よりも高い芦《あし》が、ひっそりと水面をとざしている。水も動かない。藻も動かない。水の底に棲《す》んでいる魚も――魚がこの沼に棲んでいるであろうか。

昼か、夜か、それもおれにはわからない。おれはこの五六日、この沼のほとりばかり歩いていた。寒い朝日の光と一しょに、水の匂《におい》や芦の匂がおれの体を包んだ事もある。と思うと又枝蛙《えだかわず》の声が、蔦葛に蔽《おお》われた木々の梢から、一つ一つかすかな星を呼びさました覚えもあった。

おれは沼のほとりを歩いている。

沼にはおれの丈よりも高い芦が、ひっそりと水面をとざしている。おれは遠い昔から、その芦の茂った向うに、不思議な世界のある事を知っていた。いや、今でもおれの耳には、Invitation au Voyage の曲が、絶え絶えに其処《そこ》から漂《ただよ》って来る。そう云えば水の匂や芦の匂と一しょに、あの「スマトラの忘れな草の花」も、蜜のような甘い匂を送って来はしないであろうか。

昼か、夜か、それもおれにはわからない。おれはこの五六日、その不思議な世界に憧がれて、蔦葛に掩われた木々の間を、夢現《ゆめうつつ》のように歩いていた。が、此処《ここ》に待っていても、唯《ただ》芦と水とばかりがひっそりと拡がっている以上、おれは進んで沼の中へ、あの「スマトラの忘れな草の花」を探しに行かなければならぬ。見れば幸《さいわい》、芦の中《なか》から半ば沼へさし出ている、年経《としへ》た柳が一株ある。あすこから沼へ飛びこみさえすれば、造作《ぞうさ》なく水の底にある世界へ行かれるのに違いない。

おれはとうとうその柳の上から、思い切って沼へ身を投げた。

おれの丈よりも高い芦が、その拍子に何かしゃべり立てた。水が呟《つぶや》く。藻が身ぶるいをする。あの蔦葛に掩われた、枝蛙の鳴くあたりの木々さえ、一時はさも心配そうに吐息を洩らし合ったらしい。おれは石のように水底《みなそこ》へ沈みながら、数限りもない青い焔《ほむら》が、目まぐるしくおれの身のまわりに飛びちがうような心もちがした。

昼か、夜か、それもおれにはわからない。

おれの死骸は沼の滑《なめらか》な泥の底に横《よこた》わっている。死骸の周囲にはどこを見ても、まっ青《さお》な水があるばかりであった。この水の下にこそ不思議な世界があると思ったのは、やはりおれの迷《まよい》だったのであろうか。事によると Invitation au Voyage の曲も、この沼の精が悪戯《いたずら》に、おれの耳を欺《だま》していたのかも知れない。が、そう思っている内に、何やら細い茎が一すじ、おれの死骸の口の中から、すらすらと長く伸び始めた。そうしてそれが頭の上の水面へやっと届いたと思うと、忽《たちま》ち白い睡蓮《すいれん》の花が、丈の高い芦に囲まれた、藻の匂のする沼の中に、的皪《てきれき》と鮮《あざやか》な莟《つぼみ》を破った。

これがおれの憧れていた、不思議な世界だったのだな。——おれの死骸はこう思いながら、その玉のような睡蓮の花を何時《いつ》までもじっと仰ぎ見ていた。

凶

芥川龍之介

大正十二年の冬（?）、僕はどこからかタクシイに乗り、本郷《ほんごう》通りを一高の横から藍染《あいそめ》橋《ばし》へ下ろうとしていた。あの通りは甚だ街燈の少ない、いつも真暗《まっくら》な往来である。そこにやはり自動車が一台、僕のタクシイの前を走っていた。僕は巻煙草を啣《くわ》えながら、勿論その車に気もとめなかった。しかしだんだん近寄って見ると、――僕のタクシイのヘッド・ライトがぼんやりその車を照らしたのを見ると、それは金色の唐艸《からくさ》をつけた、葬式に使う自動車だった。

大正十三年の夏、僕は室生《むろう》犀星《さいせい》と軽井沢の小みちを歩いていた。山砂《やまずな》もしっとりと湿気を含んだ、如何《いか》にももの静かな夕暮だった。僕は室生と話しながら、ふと僕等の頭の上を眺めた。頭の上には澄み渡った空に黒ぐろとアカシヤが枝を張っていた。のみならずその又枝の間に人の脚が二本ぶら下っていた。僕は「あっ」と言って走り出した。室生も亦《また》僕のあとから「どうした？　どうした？」と言って追いかけて来た。僕はちょっと羞《はずか》しかったから、何とか言って護摩化《ごまか》してしまった。

大正十四年の夏、僕は菊池寛、久米正雄、植村宋一、中山太陽堂社長などと築地の待合に食事をしていた。僕は床柱《とこばしら》の前に坐り、僕の右には久米正雄、僕の左には菊池寛、――という順序に坐っていたのである。そのうちに僕は何かの拍子に餉台《ちゃぶだい》の上の麦酒罎《ビールびん》を眺めた。するとその麦酒罎には人の顔が一つ映っていた。それは僕の顔にそっくりだった。しかし何も麦酒罎は僕の顔を映していた訣《わけ》ではない。その証拠には実在の僕は目を開いていたのにも関らず、幻の僕は目をつぶった上、やや仰向いていたのである。僕は傍らにいた芸者を顧み、「妙な顔が映っている」と言った。芸者は始は常談《じょうだん》にしていた。けれども僕の座に坐るが早いか、「あら、ほんとうに見えるわ」と言った。菊池や久米も替る替る僕の座に来て坐って見ては、「うん、見えるね」などと言い合っていた。それは久米の発見によれば、麦酒罎の向うに置いてある杯洗《はいせん》や何かの反射だった。しかし僕は何となしに凶を感ぜずにはいられなかった。

　大正十五年の正月十日、僕はやはりタクシイに乗り、本郷通りを一高の横から藍染橋へ下ろうとしていた。するとあの唐艸をつけた、葬式に使う自動車が一台、もう一度僕のタクシイの前にぼんやりと後ろを現し出した。僕はまだその時までは前に挙げた幾つかの現象を聯絡《れんらく》のあるものとは思わなかった。しかしこの自動車を見た時、――殊にその中の棺を見た時、何ものか僕に冥々《めいめい》の裡《うち》にある警告を与えている、――そんなことをはっきり感じたのだった。

（大正十五年四月十三日　鵠沼《くげぬま》にて浄書）

〔遺稿〕

蛾《が》

室生犀星

一

お川師《かわし》堀武三郎の留守宅では、ちょうど四十九日の法事の読経も終って、湯葉《ゆば》や精進刺身のさかなで、もう坊さんが帰ってから小一時間も経ってからのことであった。表の潜《くぐ》り戸が軋《きし》むので、女房が立って出て見ると、そこへ、いま法事をあげたばかりの武三郎が、くぐり戸から四十九日前に出たきりの川装束で、ひょっこり這入《はい》って来た。

心持のせいか髪も濡れ、顔も蒼ざめていた。おあいは、吃驚《びっくり》しすぎて、声も出ないで凝然と見戍《みまも》っていた。が、すぐに自分の夫であるかどうかさえ気疑いが起っていちどきは悪感をさえかんじた。

「いま帰った。どうしたんだ。この線香の匂いは――」

堀は、すぐ玄関から匂ってくる青い線香をかいで、ふしぎそうに言った。おあいはその声音《こわね》にやっと気を鎮めることができた。

「お前さんが出ていらしってから今日で四十九日も便りがないのだもの。ほんとに何処《どこ》へ行っていたんです」

おあいは、洗足するとき、夫の草鞋《わらじ》がすり切れて、足袋の裏まで砂利《じゃり》擦れがしているのを見た。

「これには色々話がある。あとで話すとして――」

堀は、座敷へあがると、仏壇の間の灯や精進料理の仏膳が、さびしい白飯の乾きを光らせて供えられているのを見た。そこには、かれの法名と、四十五歳五月生れと、はっきりと新しい位牌さえ収められてあった。

「うむ」

堀は、吐息をついて、ぼんやりと何か頻《しき》りに考え込んでいた。

「ほんとに何処へいらっしったんでございます」

おあいは、夫が殆《ほとん》ど見ちがえるほど憔悴《やつれ》はてたのを、その頬や腰のあたりに見た。それより目がどんよりと陥《お》ち込んで、ちからのない弛《ゆる》みを帯びていること、ものを正視するに余りに弱くなっていることに感づいた。

堀は、手で話しかけてくれるなと言って、非常に疲れきって床の上にやすんだ。それきりかれはうとうとと眠り込んだかと思うと突然起きあがって、おあいの顔を凝乎《じっ》とながめたり、ぼんやりした行燈《あんどん》をみつめたりした。そして気がつくと、

「仏壇のあかしを消してもらいたい」

そう言い出した。おあいは立って、手扇ですぐ消してしまった。あとは、お暗い行燈ばかりで、そとは、すぐ田圃《たんぼ》つづきのかいかいいう蛙の声が、いちどきに大方今夜も晴れているらしい星空に向って、遠くなったり近くなったりして起っていた。

おあいは、又しつこく訊ねたが、堀は、混み入った数を算《かぞ》えるときのような空目をしながら考え込んでいたが、幾度も吐息をついて手をふって見せた。

「おれ自身にもわからないんだ。たしか六月一日に出かけた覚えはあるが……」

おあいは、その日裏の桐がはじめて花を抜き出したことを、門口で堀がそう言ったことを注意した。

「うん。それから――」

かれは、いつもの場ン場の大桑村の淵へ出かけた。犀川《さいかわ》の上流で、やや遅れぎみの若葉が淵の上を半分以上覆いかぶさって、しんと、若葉の風鳴りがすると、それにつれて、淵の蒼い水面に鱗がたのさざなみが立って、きゅうに涼しさと寒さとが一《いち》どきに体温にかんじられた。ふしぎに淵の水面というものは、流れがなくて、底へゆくほど流れが重《かさな》りかかっていること、わけても大桑の淵にはそれが著しかったこと、その日は鱒《ます》を料亭から受け合って捕りに這入ったことなどを思い出した。

「ともかく大桑の淵へ潜ったことは実際だ。あそこは毎年鱒時にははいるので不思議なことはない筈だ」

かれは、そう言ううちにも、ごろりとした底ほど冷切っている水肌を、いまもからだに感じた。岩と石とからなる淵は、表面からは傘をひろげたようになっていて、ずっと岩石の底まで淵がつづいて、そこは、ながれの方からひとりでに射してくる明りが、ぼんやりと見えるだけで、まるで暗かった。岩から沁み出る清水の冷たさも加わって、踵《かかと》がいちばんさきに痺《しび》れるのが常であった。そこへは、川師仲間でも誰も潜ってゆかなかった。というのは、潜りがきいても、流れへ出るまで大概のものは呼吸がつづかなかったからである。

それゆえ、堀は、ほとんど自分ばかりの場ン場にしておいた。鮎どき、石斑魚《うぐい》時、また鱒や鮭の季節も、そこを一《ひ》と潜りすればよかったほど、いつも捕れた。それは、それからさきの上流へ登るために鮎や鱒がしぜん溜るようになっているのである。

堀は、そこへ潜入ったことと、いつものように鱒を手網で三四本も掬《すく》い出したことを思い出した。そして淵を出ようとしたとき、つかまった岩がつるりと動き出したように思われた。その岩は何時《いつ》も淵穴を閉じている大亀だったことを思い出した。

「あれなら……」

堀は、そこで亀のことを思い出して微笑《ほほえ》んだ。おあいは、じっと堀を恐いもののように見つめていた。起きて何か考えるかと思うときゅうに微笑《わら》い出したりするのが、くらい行燈のかげになって無気味だった。

堀は、間もなく正体もなく眠りこんだ。おあいは、いつまでも、ふしぎな夫が、こうして何かの物語にでもあるように四十九日目にかえってきたことを、きみ悪くかんじた。

おあいは、はじめて気がついて、玄関へ出て行った。そこには、網盥《あみだらい》と、手網とその日の弁当と、他に焚火《たきび》の材料を切る鉈《なた》とがあった。

弁当はつかってあった。手網も網盥もからからに干せあがっていた。ふしぎなことは、網盥のなかから町人内儀のつかう塗櫛《ぬりぐし》が一枚、網盥をうごかしたのでかっちりと音を立てた。おあいはかっとした。わけもなく、そう一時に頭がきゅうに重くなった。こんな網盥のなかに女の櫛があろう筈がない。川漁に行ってこんな物が落ちていそうもないことだ。これは変だ。

「ひょっとすると――」

おあいは、行燈のそばへ行って、塗櫛をすかしてながめた。その櫛の背なかには、小さな魚族のむれが列をつくっているのが、金蒔絵《きんまきえ》で、しかも巧緻に描きあげられてあった。それから魚のつらなりは、ほそい、あるかないかの線状からなり立って、ぴりぴり顫《ふる》えているようだった。櫛にしては珍らしい絵で、その上、おあいが鼻のさきへ持って行って齅《か》ごうとしたが、一向《いっこう》あぶらの臭いがしなかった。なんだか水苔のような、じめじめした匂いが湿って鼻孔を圧してきた。女のものなれば香料の匂いがする筈だ。それだのに、一向それがしない。

おあいは、永い間、行燈のそばに坐って一枚の櫛のうらと表とをすかして見ていた。堀は、静かにねむっていた。蒼褪《あおざ》めた顔は小さく寂しげにやつれきっていたのである。

「おあい」

そのとき夫は寝がえりを打って不図《ふと》目をさますと、こう呼んだ。おあいは驚いてその櫛を膝と膝との間に入れた。

「まだ起きていたのか」

「ええ」

「いま何かおれが言いはしなかったかね。大きな声で」

「いいえ」

おあいは、坐ったまま、背後へそう答えておいて、膝をもじもじさせた。見られはしなかったかと気になったが、間もなく夫はすやすやと眠りはじめた。

櫛は、ほんのりと体温であたためられて、それが却《かえ》って自分の体温ではあったが気味がわるかった。おあいは、うとうとした。遠蛙がやはり皓々《こうこう》と鳴いていた。

そのとき表のくぐり戸をしずかに叩くものがあった。いまごろ来る客はなし、と、おあいは起きあがろうとしなかった。けれども、潜り戸がしきりに叩かれた。気のせいではなく、どうやら訪ねてきたらしかった。仕方なしに、おあいは手燭《てしょく》を点《とも》して、夫が目をさまさないように、そっと玄関から前庭へと出た。

「ただいまお開けいたします」

おあいが愬《こ》うと、そとでは、静かに音もしなかった。が、やさしい女らしい声で、透きとおるように言った。

「夜中おさわがせいたしまして相すみません。じつは」

潜り戸ががっちり開いた。おあいは、手燭で往来の方をてらした。そこには、町家の内儀らしい女中が白い顔をほんのりと浮しながら佇《たたず》んでいた。

「寝入りばなだったもので、つい、おまたせして済みません。いまごろどちらからいらしって――」

おあいは、内儀の顔があまりに鮮かで、美しく整いすぎているのに、ひやりと、心臓のあたりを一と撫でせられたようで、小震いをした。髪の地も、高い鼻がなまなましく細づくりで、それが、一番はじめに目にはいった。

「ちょいと手燭をかして戴けないでしょうか。大切なものを取落しましたので、」内儀は、そういうと足もとを捜しはじめた。

「それはお困りでしょうに、お品物は何でございますかしら」

おあいは、落し物なら夜中に起さなくともいいのにと、ふいに、内儀のうつむいている腰のあたりを見ると、金繍のある立派な夏帯の上に、どこからきて止ったものであるか、一疋《ぴき》の仄白《ほのじろ》い毒々しい夜の蛾が、ぼんやり手燭にぼやけて烟《けむ》ってみえた。

「申しあげるようなものでございませんの。たしかこの辺でしたが」

内儀は、土塀つづきの小石垣の横合を、夜湿りのした地面の上から探してあるいた。古い城下の、椎《しい》や榎《えのき》やタモの大木のある裏町には、星ぞらがともすれば蔽《おお》われがちで、おけらがぶるぶると、溝汁《どぶじる》の暗い片かげに啼いていた。

「たしかにこの辺でしたが、こうずうっと行きますと、ぱたりと落しましたので――」

「お気の毒な、もしや溝のなかにでも飛んだのではございませんか」

「いいえ、たしかに地面の上でございましたよ。ぱたりと」

内儀は、うつむきながら、だんだん、溝づたいに、こんどは堀のくぐり戸のそばまで来たが……足を停めた。

「ふしぎなことがございますのね。たしかに落したものが見えないって――」

おあいは、すこし寒気がした。内儀も捜しつかれて、

「では明日昼のうちにでも、小僧に見に来させますからどうかお休みになって――どうも夜中おさわがせして済みません」

「いいえ。わたくしの方でも気をつけて見て置きましょう」

おあいは、そう言って潜り戸の方へ寄ったが、内儀は低い声で、

「もう幾つでしょうか」

「九つをもう廻ったでございましょう。ではお休みなさいまし」

内儀は、暗い裏町を歩いて行ったが、気になっておあいは潜り戸から顔を半分出して、暗いなかにもっと暗みある影を眺めていた。いったい何を落したのか、それも言わないで夜中に変な人だと聞耳《ききみみ》をすますと、もう小路を曲って行ったのか、足音もしなくなっていた。

玄関の引戸を引こうとすると、白い蛾が、さっきの蛾かも知れないやつが、ぱたぱた、手燭の方形に吐き出したあかりをぐるぐる廻った。

「しっ」こんどは、襟首にきた。

しかたなしに手燭を吹き消した。もとの行燈のところへくると、はじめて、はっと気がついて帯の間に手をいれてみると、さっきの櫛が失われずにあった。その瞬間におあいは思いあたって吃驚した。それと一しょに、寒さと震えが歯と膝がしらへしがみついた。

「しかしそれは気のせいにちがいがない。まさかあの内儀ではあるまい」

おあいは、細帯一つになって、燈心をほそめ、櫛は、行燈台の小抽斗《こひきだし》にいれた。そして床にはいったが……そのとき、ふいに目をさました。

枕もとには、れいの行燈がぼんやり点れたきりで、堀も、深寝をしているらしく鼾《いびき》さえかかなかった。惶《あわ》てて行燈の小抽斗を開けてみると、寝る前に入れたとおりに櫛がしまわれてあった。

二

堀は、やっと床から起きられるようになってからも、一日ぼんやりとしていた。川へは一切漁に出かけることもなく、鬱々として何を言っても確かな返事さえもしなかった。ふしぎな四十九日間の外出が、おあいには少しも分らなかった。

ただ、閑暇《ひま》さえあれば、堀は、家じゅうを捜して歩くか、庭へ出て樹の根もとにしゃがんで、茫然と空を眺めているかして、埒《らち》もなくぼんやりしていた。漢医にきくと、何か憑《つ》きものがしているとだけで、細かい病状が分らなかった。

不思議なことは、そのころお城下はもちろんのこと近在に至るまで、夜になると、野犬の群がうすぼんやりした月夜のけむったなかに、びょうびょうと吠えたけっていた。そういう晩になると堀は、きっと庭さきへ出て、永い間踞《しゃが》んでいるかと思うと、両手を地に突いて、やはり野犬のような吠え声を出した。それは決まって月夜で烟《けむ》った晩で、きまって堀は誘われるように夜啼きをするのだった。おあいも、初めのうちは気味悪く思ったが、慣れると、しかたなく裏戸を開けて、浅間《あさま》しい夫のそういう姿を青い庭木の間にながめた。堀はただそういう一時間ばかりの発作が済むと、夜露でぬれた髪をしたまま、もとの居間へかえった。ぐったり疲れて、永い睡眠がいつも決まって発作のあとからしてくるのが常であった。

おあいは、堀がたえ間なく櫛を捜していることを勘づいていたが、なるべく目にふれないようにしておいた。れいの内儀も、あの晩きり尋ねてこなかった。おあいは、このふしぎな櫛を箪笥《たんす》のなかに収《しま》って、再度と取り出して見ようとしなかった。

或る静かな、まだひどく暑くならない午前のことだった。おあいが、ふと庭に出てみると、堀が何時ものように杏の根もとにいたが、ふしぎに垣外に一人の女が立って、杉の新芽立ちの間から庭中を窺っているようだった。よく透してみると、背中に汗のするほど驚いたのである。それは、いつかの晩の内儀でやはり町人づくりの派手な塗下駄で、日傘を差していた。

堀は、ふと目を垣そとに遣ったが、これも不思議そうに、木のあい間から透しながら歩いて行った。顔だけを差し出した妙な寂れた堀の姿は、激しい初夏の光のなかに静かすぎるほど濃い影を地にひいていた。

「ちょいとお尋ねいたしますが、そのちょいとばかり――」

その声は、きき覚えがあっただけ、おあいはぎくりとした。やはり、いつかの晩の女にちがいないと、そう考えると、そっと庭木の間にからだを匿《かく》した。

堀は、ぼんやりと盲人のような歩き方をして、耳をかたむけたが、何も返事をしなかった。

「お尋ねいたしたいのでございますが」

又そういう透き徹った声がした。堀はそのとき既に垣一重隔て立っていた。

「ご用向きは――」

堀の顔は、ふしぎそうに、例の、生々しく美しい鼻を眺めた。

「先日から少し落しものを致したので尋ねているんでございますが、そのかいもなく判りません」

「はあ、落し物をな」

堀は、考え込んで、それきり立って動かなかった。

「もしお宅のお庭にでもないものかと存じまして――」

内儀は、垣のそとから微笑んでみせた。それが堀には何処かで見たことのある微笑みのように思われたが、どうも覚えが出ない。手を拱《く》んで考えているうち、内儀の日傘の上に日かげが移っていた。

おあいは、そのとき直ぐに垣のそばへ寄ると、内儀はていねいにあいさつをした。そして、

「先夜はおそくまでおさわがせして相すみません」

そういうと、又静かに微笑ってみせた。おあいは、この不思議な内儀と、堀の病気とが係わっているように思われてならなかった。

「お話ですと家の庭にでも落してないかと仰有《おっしゃ》いますが、そういうものは一向に見当らないんでございますよ」

おあいは、堀に家にはいって休むように言ったが、やはり動かないでいた。

「何か御病気にでも……」

内儀は、堀の顔をみて、おあいにそうたずねた。

「ええ、すこし気鬱病でございまして捗々《はかばか》しく参りません」

「それはお気の毒な」

内儀は、そういうと、一と足さがって歩き出して行った。堀は、裏門からこっそり出て、杉葉垣のしずかな裏町を、ほどよい朝しめりのした道路に水々しい影をおとしてゆく内儀の姿を見送っていた。おあいも、そこに立っていた。が、内儀はいちども振りかえって見ないで、もう町かどを曲った。と、堀は、さっきから張り詰めていた気のせいで、ぐったりと発熱の労《つか》れを感じた。

三

ふしぎな朝がほとんど毎日つづいた。堀は朝になると裏門の庭草の茂りのかげに蹲《うずくま》って、柔《やさ》しい足音を待っていた。その時刻には黒い日傘をさした内儀が、ときには浅草草履を引っかけて、しんと、音もない裏町をやってくるのである。何処からくるのか、その時

刻になると気のせいか若葉まで静まって、長い裏町に子供のかげすらないほど閑寂《かんじゃく》として
いた。
堀は、生垣の裾漏《すそも》れから裏町を窺っていて、内儀がちかづくと、しずかに立ちあがるの
が常であった。
「すこしお尋ねいたしますが」
内儀は、きまってこういうと微笑んで見せた。堀も、まるでその言葉を合図に微笑みを
かえすのである。堀は、そういう一日ずつが経ってゆくごとに内儀の顔がずっとさきから
心の中に生きていたことを朦朧《もうろう》として意識のなかにも感じた。どこかであったことがある
と思っても、その意識はすぐさま錯然《さくぜん》として混乱した。
「おあいさんは今日はおいでじゃありませんか」
「おあいは勝手でしょう」
堀は、そういつものように答えると、女はしずかな声を立てて微笑う。堀は、内儀の、
白味がちな目をみつめていると、しんとした気になって、からだを羽毛か何かで撫でられ
ているような恍然《うっとり》した気もちになって了《しま》うのだった。内儀は内儀で、その目の光を艶やか
にそっと微笑ませながら、そっと惹きよせるように、堀の目のなかに、目に見えない温か
いものを一杯に注ぐようだった。堀は、うっとりして、その美しい目をからだ一杯に浴び

ていた。

「落し物は――」堀は、いうことがないと、こう尋ねてみたが、内儀は、そのたびに寂しくわらって見せた。

「なかなか見つかりはしません」

内儀は、繊《ほそ》い美しい手を垣根の青い茂みに与えているのが、堀には、あまり白く鮮明で、鋭くなってみえた。が、その上に自分の手を置くことができなかった。

そういうときは決まって、おあいが勝手から出て来た。そしてすぐ、堀を庭から家へ入れようとした。そして内儀も帰すようにした。

「何か御用で……」おあいは、堀と内儀との間に、立ちはだかってこう言うと、内儀は、ちょいと赧《あか》くなってもじもじした。

「いいえ、何も」

「それならずっとおかえり下さいまし。夫は気鬱病ですし、あまり永く庭へ出ているとよくないものでございますから」

おあいは、そう厳しくいうと、内儀は、詮方《せんかた》なさそうにすうと垣根をはなれた。堀は、おあいの姿をみてから小さくなっていたが、それでも、内儀のあとを見送っていた。

「厭な女もあればあるものだ。毎朝のようにやってくる。いったい何の用事があるのだろう」

おあいは、独り言をして、堀を家のなかへ入れようとした。が、堀は、頑固に踞《しゃが》んでじっとしていた。

「おれはまだ此処《ここ》にいるのだ」

おあいは、日光が蒸しついてくるので、頭によくないと言って、

「居間で一と眠りなさい。だいぶ疲れていらっしゃるようだから」

と、肩に手をかけようとすると、いきなり手を払いのけた。

「此処に用事があるのだ」

「どんな用事があるのでございます」

堀は、それには答えないで、れいの、しきりに手をさしのべて、指折りかぞえていた。何をかぞえるのか、かれは、ひまさえあれば蒼白い指さきを折って、口のうちで、ぶつぶつ言いながら日暦を繰るようにしていた。おあいは、それが五本ずつ九度折って、あと四本だけを折るのを毎日のように眺めた。やはりあの四十九日間に何事か起ったに異《ちが》いないと思っても、やはり解らなかった。たしかに彼の女がかかわっているのだ。それだけの見当で、それ以上おあいにも堀にもわからなかった。

おあいは、そういうときに、れいの櫛のことを話した。櫛を拾ったことがあるかとたずねても、やはり頭を振っていた。

「櫛。ふむ」堀は、口へ出して言って考え込んだが、表情はべつに乱れもしなかった。おあいには、しまいには何が何だか分らなくなっていた。

夜になると、堀は庭へ吠える真似をしてたが昼のうちはあまり発作がなかった。ただ毎朝のように、れいの、内儀がやって来た。そのたびに堀は裏門を出てゆくことがあった。或る日、それも朝のうちだったが。やはり庭にいる筈が突然いなくなった。いつもくる内儀がもう何時の間にか来て行ってしまったあとなのか、姿も見せなかった。

おあいは、裏町から通りまで探したが、一向堀らしい姿が見えなかった。が、次の日になっても堀はかえってこなかった。

おあいは、昼となく晩となく、河べりをさがしてあるいたが、どこにも堀らしいものがいなかった。そのときおあいは何心なく不意に例の櫛のことを思い出した。そして箪笥をしらべるといつの間にか櫛は失われて了っていた。

おあいは、犀川べりの大桑の淵へ行って、そこで堀が漁をしにでかけてから不思議があったのでともかく、淵へ出かけることにした。

大桑の淵は、どす黒いまでの濃霧が覆いかぶさって、一すじの水さえ動かなかった。しんとした水の上に、すういすういと走る水馬《あめんぼ》が、水流を曳いて辷《すべ》っているだけだった。

おあいは、そのとき不意に卯の花がこんもりと腐れているかげに、れいの内儀のさした日傘が、すぼめたまま投げ出されてあった。おあいがそれを手にとると、何も彼《か》も分ったような気がした。堀の物らしい遺留品とては一つも見当らなかった。

おあいは、ぐったり疲れて草の上に坐っているうち、ふしぎに水中にちらつく或る影を見つけた。それは堀にも似ていたし、そうでない他の人物のようにも思えた。が、女の方は、どうも毎朝やってきた内儀に異いなかった。

彼女は、あまりの妬ましさと腹立たしさとから、手もとにあった石を投げ込んだ。破紋が立ってそれが微笑っているように見えた。又一つ投げた。すると又微笑が水面にうかんで見えた。彼女は同じことを繰りかえしてやっているうち、蒼然とした淵全体がだんだん広がってゆくようになって、それが次第に胸もとを圧してくるばかりでなく、ともすると、からだが前のめりになって仕方がなかった。反対にちからを入れれば入れる程、もんどり打って陥ち込むような気がしてくるのだった。

彼女はしまいには殆ど眩惑《めまい》さえかんじてきた。嘔気《はきけ》と目まいと前のめりとが、交《かわ》る交る迫ってきた。淵がだんだん目の前にせり上ってくるのだった。しまいに彼女は水面の冷たさを五体にありありと感じた。

死体蝋燭《したいろうそく》

小酒井不木《こさかいふぼく》

宵《よい》から勢いを増した風は、海獣の飢えに吠ゆるような音をたてて、庫裡《くり》、本堂の棟《むね》をかすめ、大地を崩さんばかりの雨は、時々砂礫《すなつぶて》を投げつけるように戸を叩いた。縁板という縁板、柱という柱が、啜り泣くような声を発して、家体は宙に浮かんでいるかと思われるほど揺れた。

夏から秋へかけての暴風雨《あらし》の特徴として、戸内の空気は息詰まるように蒸し暑かった。その蒸し暑さは一層人の神経をいらだたせて、暴風雨の物凄さを拡大した。だから、ことし十五になる小坊主の法信《ほうしん》が、天井から落ちてくる煤《すす》に胆《きも》を冷やして、部屋の隅にちぢこまっているのも無理はなかった。

「法信！」

隣りの部屋から呼んだ和尚《おしょう》の声に、ぴりッと身体をふるわせて、あたかも、恐ろしい夢から覚めたかのように、彼はその眼を据《す》えた。そうしてしばらくの間、返答することはできなかった。

「法信！」

一層大きな和尚の声が呼んだ。

「は、はい」

「お前、御苦労だが、いつものとおり、本堂の方を見まわって来てくれないか」

言われて彼はぎくりとして身をすくめた。常ならば気楽な二人住まいが、こうした時にはうらめしかった。この恐ろしい暴風雨の時に、どうして一人きり、戸締まりを見に出かけられよう。

「あの、和尚様」

と、彼はやっとのことで、声をしぼり出した。

「なんだ」

「今夜だけは……」

「ははは」

と、和尚の哄笑《たかわら》いする声が聞こえた。

「恐ろしいというのか。よし、それでは、わしもいっしょに行くから、ついて来い」

法信は引きずられるようにして和尚の部屋にはいった。

いつの間に用意したのか、書見していた和尚は、手燭の蝋燭《ろうそく》に火を点じて、先に立って本堂の方へ歩いて行った。五十を越したであろう年輩の、蝋燭の淡い灯によって前下方から照し出された瘠《や》せ顔は、髑髏《どくろ》を思わせるように気味が悪かった。

本堂にはいると、灯はなびくように揺れて、二人の影は、天井にまで躍り上がった。空気はどんよりと濁って、あたかも、はてしのない洞穴《ほらあな》の中へでも踏みこんだように感ぜられ、法信は二度と再び、無事では帰れないのではないかという危惧の念をさえ起こすのであった。

正面に安座まします人間大の黒い阿弥陀如来《あみだにょらい》の像は、和尚の差し出した蝋燭の灯に、一層いかめしく照し出された。和尚が念仏を唱えて、しばらくその前に立ちどまると、金色の仏具は、思い思いに揺れる灯かげを反射した。香炉、燈明皿《とうみょうざら》、燭台、花瓶、木刻金色《もっこくこんじき》の蓮華をはじめ、須弥壇《しゅみだん》、経机、賽銭箱《さいせんばこ》などの金具が、名の知れぬ昆虫のように輝いて、その数々の仏具の間に、何かしら恐ろしい怪物、たとえば巨大な蝙蝠《こうもり》が、べったり羽をひろげて隠れているかのように思われ、法信の股の筋肉は、ひとりでにふるえはじめた。

和尚は再び歩き出したが、さすがの和尚にも、その不気味さは伝わったらしく、前よりも速めに進んで、ひととおり戸締まりを見まわると、蒼白い顔をしてほッとしたかのように溜息《ためいき》をついた。

しかし、和尚は、何思ったか再び恐ろしい本堂に引きかえした。そうして、阿弥陀如来の前に来たかと思うと、真下にあたる勤行《ごんぎょう》の座につき、手燭をかたわらに置いて言った。

「法信、礼拝だ」

法信は機械人形《からくり》のようにその場にひれ伏した。しばらく和尚とともに念仏をとなえて、やがて顔をあげると、如来の慈悲忍辱《じひにんにく》の光顔《こうがん》は、一層柔和の色を増し、暴風雨にも動じたまわぬ崇高さが、かえって法信を夢のような恐怖の世界に引き入れた。

「恐ろしい風だなあ」

和尚の言葉に法信はどきりとした。

「時に法信！」

しばらくの後、和尚は突然あらたまった口調で、法信の方に向き直って言った。

「今夜わしは、阿弥陀様の前で、お前に懺悔《ざんげ》をしなければならぬことがある。わしは今、世にも恐ろしいわしの罪をお前に白状しようと思う。幸いこの暴風雨では、誰にきかれる憂いもない。耳をさらえてよく聞いておくれよ」

和尚はその眼をぎろりと輝かして一段声を高めた。

「実はなあ、お前はわしを徳の高い坊主だと思っているかもしれんが、わしは阿弥陀様の前では、じっとして坐っておれぬくらいの、破戒無慚《はかいむざん》の、犬畜生《いぬちくしょう》にも劣る悪人だよ」

「えッ？」

あまりに意外な言葉に法信は思わず叫んで、化石したかのように全身の筋肉をこわばらせ、和尚の顔を穴のあくほどながめた。

「わしはなあ、人を殺した大悪人だ。さあ、驚くのも無理はないが、お前がこの寺に来る前に雇ってあった良順《りょうじゅん》という小坊主は、あれはわしが殺したのだ」

「嘘《うそ》です、嘘です、和尚さま、それは嘘です。どうぞ、そんな恐ろしいことはもう言わないでください」

「いや、本当だよ。阿弥陀様の前で嘘は言わぬ。良順は、表て向きは病気で死んだことになっているが、その実、わしが手をかけて死なせたのだ。それには事情《わけ》があるのだよ、深い事情があるのだよ。その事情というのはまことに恥ずかしいことだけれども、これだけはどうしてもお前に聞いてもらわねばならん。

わしは坊主となって四十年、その間、ずいぶん人間の焼けるにおいを嗅《か》いだ。はじめはあまり心地のよいものではなかったが、だんだん年をとるにしたがって、あのにおいがたまらなく好きになったのだ。そうしてしまいには、人間の脂肪の焼ける匂いを一日でも嗅がぬ日があると、なんだかこう胸の中が掻《か》きむしりたくなるような、いらいらした気持になって、じっとして坐っていることすらできなくなったのだ。あさましいことだと思っても、どうにも致し方がない。魚を焼いても、牛肉を焼いても、その匂いは決してわしを満足させてくれぬ。あの、したまがりの花の毒々しい色を思わせるような人肉の焼けるにおいは、とても、ほかのにおいでは真似《まね》ができぬ。

お前は、わしがこのあいだ貸してやった雨月物語の青頭巾《あおずきん》の話を覚えているだろう。童児に恋をした坊主が、童児に死なれて悲しさのあまり、その肉を食い尽くし、それからそれに味を覚えて、後には里の人々を殺しに出たというあの話を。わしは、ちょうど、あのとおりに人界の鬼となったのだ。そうして、とうとう、そのために、良順を殺すようなことになったのだ。

良順がしばらく病気をしたのを幸いに、わしはひそかに毒をあたえて、首尾よく彼を殺してしまった。まさか、わしが殺したとは誰も思わないから、ちっとも疑われずに葬式を出した。しかし、彼が焼かれる前に、彼の肉は、ことごとく、わしのために切りとられたのだ。そうしてそのことは、もとより誰も知るはずがなかったのだ。

それから、わしがその良順の肉をどうしたと思う。さすがにわしもたびたび人を殺すのは厭《いや》だから、なるべく長い間、彼の肉の焼けるにおいを嗅ぎたいと思ったのだよ。そこでいろいろと考えた結果、ふと妙案を思いついたのだ。それはほかでもない、その肉の脂肪から、蝋燭を作ろうと考えたのだ。蝋燭ならば坊主の身として、朝晩それを仏前で燃やしてにおいをかぎ、誰に怪しまれることもない。それに蝋燭にしておけば、かなり長い間楽しむことができる。こう思って、わしはひそかに手ずから蝋燭を作ったよ。普通の蝋の中へ良順の脂肪をとかしこんで、わしは沢山思いどおりのものを作った。

そうして毎日、わしはもったいなくも、勤行の際に、その蝋燭を燃やして、わしの犬畜生にも劣る慾を満足させておった。時には勤行以外のおりにも、蝋燭を燃やして楽しんだことがある。だが今日まで、仏罰にもあたらず暮らしてきた。思えば恐ろしいことだった。

ところが、法信、わしの作った蝋燭には限りがある。毎日一本ずつ燃やしても一年かかれば三百六十五本なくなる。だんだん蝋燭がなくなってゆくにつれて、わしは言うに言えぬもどかしさを覚えたよ。この二、三日、わしはなんともいえぬやるせない心細さを感じてきた。これではなんとかしなければならんと、法信、わしは食べ物も咽喉《のど》をとおらぬくらい考え悩んだのだ。

ここにいま燃えているのが、良順の脂肪でつくった蝋燭のおしまいだ。わしは先刻から気が気でないのだ。法信、わしは良順の代わりがほしくなった。わしは、法信、お前を殺したくなった。

こら、何をする！　逃げようったとてもう駄目だ。この暴風雨は、人を殺すに屈竟《くっきょう》の時だ。これ泣くな、泣いたとて、わめいたとて、誰にも聞こえやせん。お前はもう、蛇に見こまれた蛙も同然だ。いさぎよく覚悟してくれ、な、わしの心を満足させてくれ、これ、どうかわしの不思議な心をたのしませる蝋燭となってくれ、よう」

和尚に腕をつかまれた法信は、絶大な恐怖のために、もはや泣き声を立てることすらできず、その場に水飴のようにうずくまってしまった。でも、今が生死のわかれ目と思うと、その心は最後の頼みの綱を求めて、思わず歎願の言葉となった。

「和尚さま、どうぞ勘弁してくださいませ。わたしは死にたくありません、どうぞどうぞ、生命をお助けくださいませ」

「ふ、ふ、ふ」

和尚は悪魔の笑いを笑った。その時、暴風雨は一層つよく本堂をゆすぶった。

「これ、この期《ご》になって、お前がいくら、なんといっても、わしはもう容赦しない。さあ、覚悟をせい！」

こう言ったかと思うと、和尚は腰のあたりに手をやって、ぴかりとするものを取り出した。

「ワッ、和尚さま、後生です、どうかその刃物だけは、どうか、御免なされてくださいませ！　わたしは厭です、殺されては困ります」

この言葉をきくなり、和尚はふり上げた腕をそのまま、静かに下ろした。

「お前はそれほど生命がほしいのか」

「はい」

法信は手を合わせて和尚を拝んだ。

「それでは、お前の生命は助けてやろう。その代わり、わしの言うことをなんでもきくか」

「はい、どんなことでもします」

「きっとだな？」

「はい」

「そうならわしの人殺しを手伝ってくれるか」

「え？」

「お前を助ければ、その代わりの人を殺さにゃならん。その手伝いをお前はするか」

「そ、そんな恐ろしいこと」

「できぬというのか」

「でも」

「それならば、いさぎよく殺されるか」

「ああ、和尚さま」

「どうだ」

「ど、どんなことでも致します」

「手伝ってくれるか」

「は、はい」

「よし、それではこれからすぐに取りかかる」

「え？」

「これから人殺しをするのだ」

「どこで……」

「ここで」

「誰を殺すのですか」

和尚は返答する代わりに、殺気に満ちた顔をして、左手で、阿弥陀如来の方を指した。

「それではあの阿弥陀様を？」

「そうではない。あの尊像の後ろには、今、この暴風雨に乗じて、この寺にしのび入った賽銭《さいせん》泥棒がかくれているのだ。それをお前の身代わりにするのだ。さあ来い」

和尚は立ち上がった。が、法信が立ち上がらぬ前に、そこに異様な光景があらわれた。阿弥陀如来の後ろから、巨大な鼠《ねずみ》のような真っ黒な怪物が、サッと飛び出して、あたりのものを蹴散らかし、一目散に逃げ出して行った。法信が、それを覆面の泥棒だと知るには幾秒かの時間を要した。

「ヤッ、和尚さま！」

不思議にもその時恐怖を忘れた彼が、こう叫んで、泥棒のあとから駈《か》け出そうとすると、和尚はぎゅッと彼の腕をつかみ今までとは似ても似つかぬやさしい顔をして言った。

「捨てておけ。逃げたものは逃がしておけ。だが、法信、勘忍《かんにん》してくれよ。今のわしの話した蝋燭の一件は、あれはわしがとっさの間にこしらえた話だよ。さっき、わしは阿弥陀様の後ろに、ちらッと動くものを見たので、さては、泥棒がこの暴風雨に乗じて賽銭を盗みに来たのだと知ったが、うっかりわめいては、先方がどんなことをするかも知れぬと思ったから、これは策略で追い散らすより外はないと考えたのだよ。刀でもふりまわされた日にゃ、二人とも殺されてしまうかもしれないからなあ。でも、幸いに、泥棒もわしの話を本当だと思って逃げて行った。なに、この蝋燭は普通のものだよ。良順は病気で死んだに間違いない。実は今夜わしは雨月物語を読んでいたのだ。それから思いついたのだ、お前をびっくりさせたあの話を」

こう言って右手にもった光るものを差し出し、さらに続けた。

「お前が刃物だといったのは、この扇子《せんす》だよ。恐ろしい時には、物が間違って見える。きっとあの泥棒もこれを刃物だと思ったにちがいない……」

暴風雨はいぜんとして狂いたけった。

悪魔の舌

村山槐多《むらやまかいた》

一

五月初めのある晴れた夜であった。十一時頃自分は庭園で青い深い天空に見入っていると、突然門外に当って、「電報です」という声がする。受け取って見ると次の数句が記されてあった。

『クダンサカ三〇一カネコ』

「これは何だろう。三〇一というのは」

実に妙に感じた。金子というのは友人の名で、しかも友人中でも最も奇異な人物の名であるのだ。

「彼奴《きゃつ》は詩人だからまた何かの謎かな」

自分はこの不思議な電報紙を手にして考え始めた。発信時刻は十時四十五分、発信局は大塚である。どう考えてもわからない。が、とにかく九段坂まで行ってみることにし、着物を着替えて門を出た。

わが住居から電車線路まではかなりある。その道々自分はつくづくと金子のことを考えた。ちょうど二年前の秋、自分は奇人ばかりでできているある宴会へ招待された際、彼金子鋭吉《えいきち》と初めて知り合いになったのであつた。彼は今年二十七歳だからそのときは二十五歳の青年詩人であったが、その風貌は著るしく老けて見え、その異様に赤っぽい面上には数条の深い頽廃《たいはい》した皺《しわ》が走ってい、眼は大きく青く光り、鼻は高く太かった。ことに自分が彼と知己になるに至った理由はその唇にあった。宴会は病的な人物ばかりをもって催されたものであったから、いずれの来会者を見ても、異様な感じを人にあたえる代物ばかり、知らない人が見たら悪魔の集会の如く見えたのであるが、その中でもことにこの青年詩人の唇が眼についた。

彼はちょうど真向かいにいたから、自分は彼を思う存分に観察し得た。実にその唇は偉大である。まるで緑青《ろくしょう》に食われた銅の棒が二つぶつかったようである。そして絶えずぴくぴく動いている。食事をするときはさらに壮観である。熱い血の赤色がかったその銅棒が閃《ひらめ》くと、それは電光の如く上下に開いて食物を呑み込むのである。実にかかる厚い豊麗な唇を持った人を見たことのない自分は、思わずしばらく我を忘れてその人の食事の有様に見惚れた。突然恐ろしい彼の眼はぎろっとこちらを向いた。すっくと立ち上がって彼はどなった。

「おい君は何故そうじろじろと俺の顔ばかり見るんだい」

「うん、どうもすまなかった」

我にかえってこういうと、彼は再び坐した。

「人にじろじろ見られるのはとにかく気持がよくないからな、君だってそうだろう」

こういって彼はビールの大杯をぐっと呑み乾《ほ》して、輝かしい眼で自分を見た。

「そうだった、僕はだが君の容貌にある興味を感じたものだから」

「ありがたくないね、俺の顔がどうにしろ君の知ったことではあるまいではないか」

彼は不機嫌な様子であった。

「まあ怒るな、仲直りに呑もう」

かくして彼金子鋭吉と自分とは相知るに至った。

彼は交われば交わるほど奇異な人物であった。相当の資産があり、父母兄弟なく独りぼっちでいる。学校は種々《いろいろ》入ったが一つも満足に終えなかった。それ等の経歴は話すことを厭《いや》がってよく解らないが、要するに彼は一詩人となった。彼はまったく秘密主義で自分の家へ人の来ることを大変厭がるから、いかなることをしつつあるのか全然不明であるが、彼は常に街上を歩いている。常に酒場《バー》や料理屋に姿を見せる。そうかと思うと二、三ヵ月も行方不明になる。正体が知れぬ。自分は最も彼と親密にし彼もまた自分を信じていたが、それでも要するにえたいの知れない変物とよりほかわからなかった。

二

かかることを思いつつ、いつしか九段坂の上に立った。眺むれば夜の都は脚下に展開している。神保町の燈火が闇の中から溢れ輝いて、まるで鉱石の中からダイヤモンドが露出したようである。自分は坂の上下を見廻わした。金子がたぶんここで自分を待ち合わしているんだろうと思ったのである。が、誰もそれらしい人物は見えなかった。大村銅像の方をも捜してみたが人一人いぬ。約三十分ほど九段坂の上にいたが、彼の家に行ってみることにした。彼の家は富坂の近くにある。小さいが美麗な住居である。

家の前へ来ると警官が出入りしている。驚いて聞くと金子は自殺したのだという。すぐ飛び込んでみると、六畳の室に金子が友人二、三人と警察の人々とに囲まれて横たわって

ような物をそっと食ってみることに深い興味を覚えてきた。人嫌いで通っていることがかかる事柄を行なうのに便利であった。幾度かなめくじをどろどろと呑み込んだ。蛙蜿はもとより常に食った。これらは飛騨辺りではそう珍しくもないのである。それから裏庭の泥の中からみみずや地虫を引きずり出して食べた。春はまた金や紫や緑の様々の毒々しい色をした激しい臭気を発する毛虫いも虫の奇怪な形が俺の食慾を絶えまなく満たしたのである。唇が毛虫に刺されて真っ赤にはれ上がったのを家人に見つけられたこともある。その他あらゆる物を食った。そしてまた中毒したことがなかった。

この奇妙な癖はますます発達しそうに見えたが、母とともに東京へ出て都会生活に馴らされて自然かかる悪習は止んだ。

四

しかるにちょうど十八歳の冬母の死んだ時節は悲哀に耐えなかった。悲しさ余って始終泣いていた。元来虚弱な身体はたちまち激しい神経衰弱に侵されてしまった。まるで幽霊のように衰えてしまった。そして小さいときの脊椎の病がまた発してきた。俺はこれではならないと思って、二十歳の時ちょうど在学した中学校を退いて鎌倉へ転地した。かくて鎌倉にいたり、七里ヶ浜、江の島にいたりして久しく遊んだ。散歩したり海水を浴びたりして暮していた。そのうちに身体は段々と変化していった。久しく都会の喧騒の中にいたものがにわかに美しい海辺に遊ぶ身となったのだから、わが身も心もだんだんと健康になっていった。本然に帰って来た。かつて飛騨の山中に独りぼっちを悦んでいた小童の心は再びわれに帰ったのであった。

ある日の夕方の時俺はこの一ヵ月ばかり食物が実に不味《まず》いことをつくづくと考えてみた。海水浴から帰って来る空腹には旅館最上位の食事が不味いというはずはないのだ。俺は鏡に向かった。青白かった容貌は真紅になった。ぼんやりしていた眼玉は生き生きと輝き出した。かかる健康を得ながら、何故物がうまく食えないのかしらん。舌を突き出してふと鏡の面に向けた。その刹那俺は思わず鏡を取り落としたのである。俺の舌は実に長い。恐らく三寸五分もあろうというものだ。全体いつの間にこんなに延びたのかしら、そしてまたなんという恐ろしい形をした舌であろう。俺の舌はこんな舌であったか。否々決してこんな舌ではない。が、鏡を取ってよく見ると、やはり紫と銀との鋭い疣《いぼ》が一面にぐりぐり生えた大きな肉片が、唾液にだらだら滑りながら唇から突き出ている。

しかもなおよく見ると、驚くべき哉《かな》、疣と見たのは針である。舌一面に猫のそれの如く針が生えているのであった。指を触れてみればそれはひりひりするばかり固い針だ。かかる奇怪な事実がまた世にあろうか。俺がそれ以上に驚愕したことは、鏡の中央に真紅な悪魔の顔が明かに現われているのであった。恐ろしい顔だ。大きな眼はぎらぎらと輝いている。俺は驚きのため一時昏迷した。途端鏡中の悪魔が叫ぶ声が聞こえた。

「貴様の舌は悪魔の舌だ。悪魔の舌は悪魔の食物でなければ満足できぬぞ。食え、すべてを食え、そして悪魔の食物を見つけろ。それでなければ、貴様の味覚は永劫満足できまい」

しばらく俺は考えたがはっと悟った。「よしもう捨て鉢だ。俺はあらゆる悪魔的な食物をこの舌で味わい廻ろう。そして悪魔の食物という物を発見してやろう」

鏡を投げると躍り上がった。

「そうだ。この一ヵ月に舌がかくも悪魔の舌と変えられてしまったのだ。だから食物が不味かったのだ」

新しい、まるで新しい世界がわが前に横たわることになった。すぐ俺は今までの旅館を出た。そして鎌倉を去り伊豆半島のあるきわめての寒村に一軒の空家を借りた。そしてそこで異常な奇食生活を始めた。

事実針の生えた舌には尋常の食物は刺激を与えることができぬ。俺はわが独自の食物を求めなくてはならなくなったのだ。二ヵ月ばかりその家で生活した間の食物は土、紙、鼠、とかげ、がま、ひる、いもり、蛇、それからくらげ、ふぐであった。野菜は総《すべ》てどろどろに腐らせてから食った。腐敗した野菜のにおいと色と味とをだぶだぶと口中に含む味は実にたまらなくよいものであった。

これらの食物はかなりの満足を俺に与えた。二ヵ月の後、わが血色は異様な緑紅色を帯びてきた。俺はだんだんと身体全部が神仙に変じ行くように感じた。そのうちに、ふと『人肉』はどうだろうと考え出した。さすがにこのことを思った時、俺は戦慄したが、この時分から俺の欲望は以下の数語に向かって猛烈に燃え上がったのである。

『人の肉が食いたい』

それがちょうど去年の一月頃のことであった。

五

それからというものはすこしも眠れなくなった。夢にも人肉を夢みた。唇はわなわなとふるえ、真紅な太い舌はぬるぬると蛇のように口中を這い廻った。その欲望の湧き上がる勢いの強さに自分ながら恐怖を感じた。そして強いて圧服しようとした。が、わが舌頭の悪魔は、「さあ貴様は天下最高の美味に到達したのだぞ。勇気を出せ、人を食え、人を食え」と叫ぶ。鏡で見ると悪魔の顔が物凄い微笑を帯びている。舌はますます大きく、その針はますます鋭利に光り輝いた。俺は眼をつぶった。

「いや俺は決して人肉は食わぬ。俺はコンゴーの土人ではない。よき日本人の一人だ」が、口中にはかの悪魔が冷笑しているのだ。かかる耐え難い恐怖を消すためには始終酔わなければならなかった。俺は常に酒場に入り浸ってどうかして一刻でもこの欲望から身を逃れようとした。が、運命は決してこの哀れむべき俺を哀れんでくれなんだ。

忘れもしない去年の二月五日の夜であった。酔って酔っぱらって浅草から帰りかけた。その夜は曇天で一寸先も見えぬ闇黒《あんこく》は全部を覆っていた。この闇黒を燈火の影をたよりに伝ううち、いつの間にやら道を間違えてしまった。轟々たる汽車の響きにふと気づくと、いつの間にやら日暮里ステーション横の線路に俺は立っている。俺は踏切を渡った。坂を上った。そして日暮里墓地の中へ入り込むとそのまま其処に倒れてしまった。

ふと眼を開けるとまだ深々たる夜半である。マッチをすって時計を見ると午前一時だ。俺は大分醒めた酔い心地にぶらぶらと墓地をたどった。突然片足がどすんと地へ落ち込んだ。驚いてマッチをすって見ると、ここは共同墓地でまだ新しい土まんじゅうに足を突っ込んだのであった。その時一条の恐ろしい考えがさっと俺の意識を確かにした。俺は無意識にすぐ棒切れをもってその土まんじゅうを掘り出した。無闇に掘った。狂人のように掘った。ついには爪で掘った。小一時間ばかりでわが手は木のような物に触った。

「棺だ」

土を跳ね除けて棺の蓋を叩き壊わした。そしてマッチをすって棺中を覗き込んだ。その時その刹那ばかり恐ろしい気持のしたことは後にも前にもなかった。マッチの微光には真っ青な女の死顔が照らし出された。眼を閉じて歯を食い縛っている。年は十九ばかりの若い美しい女だ。髪の毛は黒くて光がある。見ると黒血が首にだくだくと塊まりついている。首は胴からちぎれているのだ。手も足もちぎれたままで押し込んである。戦慄は総身に伝わった。が、これはきっと鉄道自殺をした女を仮埋葬にしたのだろうとわかると、すこし戦慄が身を引いた。

俺はポケットからジャックナイフを出した。そして女の懐ろへ手を突っ込んだ。好きな腐敗の悪臭が鼻を打つ。まず苦心して乳房を切り取った。だらだらと濁った液体が手を滴り伝わった。それから頬ぺたを少し切り取った。この行為を終えるとにわかに恐ろしくなってきた。

「どうするつもりだ、お前は」

と良心の叫ぶのが聞こえた。しかし俺はしっかり切り取った肉片を、ハンカチーフに包んだ。そして棺の蓋をした。土を元通りかぶせると急いで墓地を出た。俥《くるま》をやとって富坂の家へ帰りついた。

家へ入るとすっかり戸締りをして、さてハンカチーフから肉を取り出した。まず頬っぺたの肉を火に焼いた。一種の実にいい香が放散し始めた。俺は狂喜した。肉はじりじりと焼けてゆく。悪魔の舌は躍り跳ねた。唾液がだくだくと口中に溢れてきた、たまらなくなって半焼けの肉片を一口にほほばった。

この刹那、俺はまるで阿片にでも酔ったような恍惚に沈んだ。こんな美味なる物がこの現実世界に存在していたということは実に奇蹟だ。これを食わないでまたといられようか。『悪魔の食物』がついに見つかった。俺の舌は久しくも実にこれを要求していたのだ。人肉を要求していたのだ。ああついに発見した。次に乳房を噛んだ。まるで電気に打たれたように室中を躍り廻った。すっかり食い尽すと胃袋は一杯になった。生まれて始めて俺は食事によって満足したのであった。

六

つぎの日、俺は終日かかって俺の室の床下に大きな穴を掘った。そして板で囲った。人間の貯蔵室を作ったのである。ああここへ俺の貴い食物を連れて来るのだ。

それからわが眼は光ってきた。町を歩いてもよだればかり流れた。会う人間会う人間は皆俺の食欲をそそる。殊に十四、五の少年少女が最もうまそうに見えた。なんだかそういう子に会うとすぐ食いついてしまいそうで仕様がなかった。が、どんな方法で食物を引っ張って来ようか、まず麻酔薬とハンカチーフをポケットに用意した。これで眠らしてすぐ引っ張って来ることにした。

四月二十五日、今から十日ばかり前のことである。俺は田端から上野まで汽車に乗った。ふと見るとわが膝と突き合わして一人の少年が坐している。見ると田舎臭くはあるが、実に美麗な少年である。わが口中は湿ってきた。唾液が溢れてきた。見れば一人旅らしい。やがて汽車は上野に着いた。ステーションを出ると少年はしばらくぼんやりと佇立《ちょうりつ》していたが、やがて上野公園の方へ歩いて行く。そして一つのベンチに腰を掛けるとじっと淋しそうに池の端の灯に映える不忍池《しのばずのいけ》の面を見つめた。

見廻わすと辺りには一人の人もいない。己れはそっとポケットから麻酔薬の瓶を出してハンカチーフに当てた。ハンカチーフは浸された。少年はぼんやりと池の方を見ている。いきなり抱きついてその鼻にハンカチーフを押し当てた。二、三度足をばたばたさせたが麻薬が利いてわが腕にどたりと倒れてしまった。すぐ石段下まで少年を抱いて行って俥を呼んだ。そして富坂まで走らせた。

家へ帰ると戸をすっかり閉ざした。電燈の光でよく見れば実に美しい少年だ。俺は用意した鋭利な大ナイフを取り出して後頭部を力をこめてグサと突き刺した。今まで眠っていた少年の眼がかっと大きく開いた。やがてその黒い瞳孔に光がなくなり、さっと顔が青くなった。俺は真青になった少年を抱き上げて床下の貯蔵室に入れた。

七

俺はできる限り細かくこの少年を食ってしまおうと決心した。そこで一のプログラムを定めた。俺はそれから諸肉片を順々に焼きながら脳味噌も頬ぺたも舌も鼻もすっかり食い尽した。その美味なることは俺を狂わしめた。ことに脳味噌の味は摩訶不思議であった。そして飽満の眠りについた。翌朝九時頃眼が覚めるとまたたらふく腹につめこんだ。ああつぎの日こそは恐ろしい夜であった。俺が死を決した動機がその夜に起こったのだ。実に世にも残酷な夜であった。

その夜、野獣のような眼を輝かして床下へ下りて行った俺は、今夜は手と足との番だと思った。鋸《のこぎり》を手にしてどれから先に切ろうかとしばらく突っ立っていた。ふと少年の左の足を引いた。その拍子に、少年の身体は俯向きになった。その右足の裏を眺めた時、俺は鉄の捧で横っ腹を突き飛ばされたように躍り上がった。見よ、右足の裏には赤い三日月の形が現われているではないか。

君はこの文書の最初にわが弟の誕生のことが記されてあったのを記憶しているであろう。考えてみればばかの赤ん坊はもう十五、六歳になるはずだ。恐ろしい話ではないか。俺は自分の弟を食ってしまったのだ。気がついて少年の持っていた包みを解いてみた。中には四、五冊のノートがあった。それにはちゃんと金子五郎と記されてあった。これは弟の名であった。なおノートによってみると弟は東京を慕い、聞いていた俺を慕って飛騨から出奔して来たことがわかった。ああ俺はもう生きていられなくなった。友よ、俺が書き残そうとしたことは以上のことである。どうぞ俺を哀れんでくれ。

文書はこれで終わっていた。字体や内容から見ても自分は金子の正気を疑わざるを得なかった。金子の死体を検査したときその舌は記述の通り針を持っていたが、悪魔というのはおそらく詩人の幻想に過ぎまい。

魚服記《ぎょふくき》

太宰治

一

本州の北端の山脈は、ぼんじゅ山脈というのである。せいぜい三四百メートルほどの丘陵が起伏しているのであるから、ふつうの地図には載っていない。むかし、このへん一帯はひろびろした海であったそうで、義経《よしつね》が家来たちを連れて北へ北へと亡命して行って、はるか蝦夷《えぞ》の土地へ渡ろうとここを船でとおったということである。そのとき、彼らの船がこの山脈へ衝突した。突きあたった跡がいまでも残っている。山脈のまんなかごろのこんもりした小山の中腹にそれがある。約一畝歩《せぶ》ぐらいの赤土の崖がそれなのであった。

小山は馬禿山《まはげやま》と呼ばれている。ふもとの村から崖をながめるとはしっている馬の姿に似ているからと言うのであるが、事実は老いぼれた人の横顔に似ていた。

馬禿山はその山の陰の景色がいいから、いっそうこの地方で名高いのである。ふもとの村は戸数もわずか二三十でほんの寒村であるが、その村はずれを流れている川を二里ばかりさかのぼると馬禿山の裏へ出て、そこには十丈ちかくの滝がしろく落ちている。夏の末から秋にかけて山の木々が非常によく紅葉するし、そんな季節には近辺のまちから遊びに来る人たちで山もすこしにぎわうのであった。滝の下には、ささやかな茶店さえ立つのである。

ことしの夏の終わりごろ、この滝で死んだ人がある。故意に飛び込んだのではなくて、まったくの過失からであった。植物の採集をしにこの滝へ来た色の白い都の学生である。このあたりには珍しい羊歯《しだ》類が多くて、そんな採集家がしばしば訪れるのだ。

滝壺は三方が高い絶壁で、西側の一面だけが狭くひらいて、そこから谷川が岩を噛みつつ流れ出ていた。絶壁は滝のしぶきでいつもぬれていた。羊歯類はこの絶壁のあちこちにもはえていて、滝のとどろきにしじゅうぶるぶるとそよいでいるのであった。

学生はこの絶壁によじのぼった。ひるすぎのことであったが、初秋の日ざしはまだ絶壁の頂上に明るく残っていた。学生が、絶壁のなかばに到達したとき、足だまりにしていた頭ほどの石ころがもろくもくずれた。崖からはぎ取られたようにすっと落ちた。途中で絶壁の老樹の枝にひっかかった。枝が折れた。すさまじい音をたてて淵《ふち》へたたきこまれた。

滝の付近に居合わせた四五人がそれを目撃した。しかし、淵のそばの茶店にいる十五になる女の子がいちばんはっきりとそれを見た。

いちど、滝壺ふかく沈められて、それから、すらっと上半身が水面からおどりあがった。目をつぶって口を小さくあけていた。青色のシャツのところどころが破れて、採集かばんはまだ肩にかかっていた。

それきりまたぐっと水底へ引きずりこまれたのである。

二

春の土用から秋の土用にかけて天気のいい日だと、馬禿山から白い煙の幾筋ものぼっているのが、ずいぶん遠くからでもながめられる。この時分の山の木には精気が多くて炭をこさえるのに適しているから、炭を焼く人たちも忙しいのである。

馬禿山には炭焼き小屋が十いくつある。滝のそばにもひとつあった。この小屋は、ほかの小屋とよほどはなれて建てられていた。小屋の人がちがう土地のものであったからである。茶店の女の子はその小屋の娘であって、スワという名前である。父親とふたりで年じゅうそこへ寝起きしているのであった。

スワが十三の時、父親は滝壺のわきに丸太とよしずで小さい茶店をこしらえた。ラムネと塩せんべいと水無飴《みずなしあめ》とそのほか二三種の駄菓子をそこへ並べた。

夏近くなって山へ遊びに来る人がぼつぼつ見え初めるじぶんになると、父親は毎朝その品物を手籠《てかご》へ入れて茶店まではこんだ。スワは父親のあとからはだしでぱたぱたついて行った。父親はすぐ炭小屋へ帰ってゆくが、スワは一人居のこって店番するのであった。遊山の人影がちらとでも見えると、やすんで行きせえ、と大声で呼びかけるのだ。父親がそう言えと申しつけたからである。しかし、スワのそんな美しい声も滝の大きな音に消されて、たいていは、客を振りかえさすことさえできなかった。一日五十銭と売りあげることがなかったのである。

たそがれ時になると父親は炭小屋から、からだじゅうをまっ黒にしてスワを迎えに来た。

「なんぼ売れた」

「なんも」

「そだべ、そだべ」

父親はなんでもなさそうにつぶやきながら滝を見上げるのだ。それから二人して店の品物をまた手籠へしまい込んで、炭小屋へひきあげる。

そんな日課が霜のおりるころまでつづくのである。

スワを茶店にひとり置いても心配はなかった。山に生まれた鬼子であるから、岩根を踏みはずしたり滝壺へ吸いこまれたりする気づかいがないのであった。天気が良いとスワは裸身になって滝壺のすぐ近くまで泳いで行った。泳ぎながらも客らしい人を見つけると、あかちゃけた短い髪を元気よくかきあげてから、やすんで行きせえ、と叫んだ。

雨の日には、茶店のすみでむしろをかぶって昼寝をした。茶店の上には樫《かし》の大木がしげった枝をさしのべていていい雨よけになった。

つまりそれまでのスワは、どうどうと落ちる滝をながめては、こんなにたくさん水が落ちてはいつかきっとなくなってしまうにちがいない、と期待したり、滝の形はどうしてこういつも同じなのだろう、といぶかしがったりしていたものであった。

それがこのごろになって、すこし思案ぶかくなったのである。

滝の形はけっして同じでないということを見つけた。しぶきのはねる模様でも、滝の幅でも、目まぐるしく変わっているのがわかった。果ては、滝は水でない、雲なのだ、ということも知った。滝口から落ちると白くもくもくふくれ上がる案配からでもそれと察しられた。だいいち水がこんなにまでしろくなるわけはない、と思ったのである。

スワはその日もぼんやり滝壺のかたわらにたたずんでいた。曇った日で秋風がかなりいたくスワの赤い頬を吹きさらしているのだ。

むかしのことを思い出していたのである。いつか父親がスワを抱いて炭窯《すみがま》の番をしながら語ってくれたが、それは、三郎と八郎というきこりの兄弟があって、弟の八郎がある日、谷川でやまべというさかなを取って家へ持って来たが、兄の三郎がまだ山からかえらぬうちに、そのさかなをまず一匹焼いてたべた。食ってみるとおいしかった。二匹三匹とたべてもやめられないで、とうとうみんな食ってしまった。そうするとのどがかわいてかわいてたまらなくなった。井戸の水をすっかりのんでしまって、村はずれの川ばたへ走って行って、また水をのんだ。のんでるうちに、からだじゅうへぶつぶつと鱗が吹き出た。三郎があとからかけつけた時には、八郎はおそろしい大蛇になって川を泳いでいた。八郎やあ、と呼ぶと、川の中から大蛇が涙をこぼして、三郎やあ、とこたえた。兄は堤の上から弟は川の中から、八郎やあ、三郎やあ、と泣き泣き呼び合ったけれど、どうする事もできなかったのである。

スワがこの物語を聞いた時には、あわれであわれで父親の炭の粉だらけの指を小さな口におしこんで泣いた。

スワは追憶からさめて、不審げに目をぱちぱちさせた。滝がささやくのである。八郎やあ、三郎やあ、八郎やあ。

父親が絶壁の紅い蔦《つた》の葉をかきわけながら出て来た。

「スワ、なんぼ売れた」

スワは答えなかった。しぶきにぬれてきらきら光っている鼻先を強くこすった。父親はだまって店を片づけた。

炭小屋までの三町ほどの山道を、スワと父親は熊笹を踏みわけつつ歩いた。

「もう店しまうべぇ」

父親は手籠を右手から左手へ持ちかえた。ラムネのびんがからから鳴った。

「秋土用すぎで山さ来るやつもねえべ」

日が暮れかけると山は風の音ばかりだった。楢《なら》や樅《もみ》の枯れ葉がおりおりみぞれのように二人のからだへ降りかかった。

「お父《ど》」

スワは父親のうしろから声をかけた。

「おめえ、なにしに生きでるば」

父親は大きい肩をぎくっとすぼめた。スワのきびしい顔をしげしげ見てから呟いた。

「わからねじゃ」

スワは手にしていたすすきの葉を噛みさきながら言った。

「くたばったほうあ、いいんだに」

父親は平手をあげた。ぶちのめそうと思ったのである。しかし、もじもじと手をおろした。スワの気が立って来たのをとうから見抜いていたが、それもスワがそろそろ一人前のおんなになったからだな、と考えてそのときは堪忍してやったのであった。

「そだべな、そだべな」

スワは、そういう父親のかかりくさのない返事がばかくさくてばかくさくて、すすきの葉をべっべっと吐き出しつつ、

「あほう、あほう」

とどなった。

三

ぼんが過ぎて茶店をたたんでからスワのいちばんいやな季節がはじまるのである。

父親はこのころから四五日置きに炭を脊負って村へ売りに出た。人をたのめばいいのだ

けれど、そうすると十五銭も二十銭も取られてたいしたついえであるから、スワひとりを残してふもとの村へおりて行くのであった。

スワは空の青くはれた日だとその留守に蕈《きのこ》をさがしに出かけるのである。父親のこさえる炭は一俵で五六銭ももうけがあればいいほうだったし、とてもそれだけではくらせないから、父親はスワに蕈を取らせて村へ持って行くことにしていた。

なめこというぬらぬらした豆きのこはたいへんねだんがよかった。それは羊歯類の密生している腐木へかたまってはえているのだ。スワはそんな苔をながめるごとに、たった一人のともだちのことを追想した。蕈のいっぱいつまった籠の上へ青い苔をふりまいて、小屋へ持って帰るのが好きであった。

父親は炭でも蕈でもそれがいい値で売れると、きまって酒くさいいきをしてかえった。たまにはスワへも鏡のついた紙の財布やなにかを買って来てくれた。

こがらしのために朝から山があれて小屋のかけむしろがにぶくゆられていた日であった。父親は早暁から村へおりて行ったのである。

スワは一日じゅう小屋へこもっていた。めずらしくきょうは髪をゆってみたのである。ぐるぐる巻いた髪の根へ、父親のみやげの波模様がついたたけながをむすんだ。それからたき火をうんと燃やして父親の帰るのを待った。木々のさわぐ音にまじってけだものの叫び声が幾度もきこえた。

日が暮れかけて来たのでひとりで夕飯を食った。くろいめしに焼いた味噌をかてて食った。

夜になると風がやんでしんしんと寒くなった。こんな妙に静かな晩には山できっと不思議が起こるのである。天狗の大木を切り倒す音がめりめりと聞こえたり、小屋の口あたりで、だれかのあずきをとぐけはいがさくさくと耳についたり、遠いところから山人《やまふと》の笑い声がはっきり響いて来たりするのであった。

父親を待ちわびたスワは、わらぶとん着て炉ばたへ寝てしまった。うとうと眠っていると、ときどきそっと入り口のむしろをあけてのぞき見するものがあるのだ。山人がのぞいているのだ、と思って、じっと眠ったふりをしていた。

白いもののちらちら入り口の土間へ舞いこんで来るのが燃えのこりのたき火のあかりでおぼろに見えた。初雪だ！　と夢ごこちながらうきうきした。

疼痛《とうつう》。からだがしびれるほど重かった。ついであのくさい呼吸を聞いた。

「あほう」

スワは短く叫んだ。

ものもわからず外へはしって出た。

ふぶき！　それがどっと顔をぶった。思わずめためたすわってしまった。みるみる髪も着物もまっしろになった。

スワは起きあがって肩であらく息をしながら、むしむし歩き出した。着物が烈風で揉みくちゃにされていた。どこまでも歩いた。

滝の音がだんだんと大きく聞こえて来た。ずんずん歩いた。てのひらで水洟《みずばな》を何度もぬぐった。ほとんど足の真下で滝の音がした。

狂いうなる冬木立の、細いすきまから、

「おど！」

とひくく言って飛び込んだ。

四

気がつくとあたりは薄暗いのだ。滝のとどろきが幽《かす》かに感じられた。ずっと頭の上でそれを感じたのである。からだがその響きにつれてゆらゆら動いて、みうちが骨まで冷たかった。

ははあ水の底だな、とわかると、やたらむしょうにすっきりした。さっぱりした。

ふと、両足をのばしたら、すすと前へ音もなく進んだ。鼻がしらがあやうく岸の岩角へぶっつかろうとした。

大蛇！

大蛇になってしまったのだと思った。うれしいな、もう小屋へ帰れないのだ、とひとりごとを言って口ひげを大きくうごかした。

小さな鮒《ふな》であったのである。ただ口をぱくぱくとやって鼻さきの疣《いぼ》をうごめかしただけのことであったのに。

鮒は滝壺のちかくの淵をあちこちと泳ぎまわった。胸鰭《むなびれ》をぴらぴらさせて水面へ浮かんで来たかと思うと、つと尾鰭をつよく振って底深くもぐりこんだ。

水のなかの小えびを追っかけたり、岸べの葦《あし》のしげみに隠れてみたり、岩かどの苔をすすったりして遊んでいた。

それから鮒はじっとうごかなくなった。時おり、胸鰭をこまかくそよがせるだけである。なにか考えているらしかった。しばらくそうしていた。

やがてからだをくねらせながらまっすぐに滝壺へむかって行った。たちまち、くるくると木の葉のように吸いこまれた。

人面疽《じんめんそ》

谷崎潤一郎

歌川百合枝《うたがわゆりえ》は、自分が女主人公となって活躍して居る神秘劇の、或る物凄い不思議なフィルムが、近ごろ、新宿や渋谷辺《へん》のあまり有名でない常設館に上場されて、東京の場末をぐるぐる廻って居ると云う噂を、此の間から二三度耳にした。それは何でも、彼女がまだアメリカに居た時分、ロス・アンジェルスのグロオブ会社の専属俳優として、いろいろの役を勤めて居た頃の、写真劇の一つであるらしかった。見て来た人の話に依《よ》ると、写真の終りに地球のマアクが附いて居て、登場人物には日本人の外に、数名の白人が交って居る。日本語の標題は「執念」と云うのだが、英語の方では、「人間の顔を持った腫物《できもの》」の意味になって居る、五巻の長尺で、非常に芸術的な、幽鬱にして怪奇を極めた逸品であると云う評判であった。

勿論、百合枝のアメリカで写したフィルムが、日本の活動写真館に現れたのは、今度が始めてではないのである。彼女が帰朝する以前にも、グロオブ会社から輸入された五六種の映画の中に、おりおり彼女の姿が見えて、欧米の女優の間に伍してもおさおさ劣らない、たっぷりとした滑らかな肢体《したい》と、西洋流の嬌態に東洋風の清楚を加味した美貌とが、早くから同胞の活動通《かつどうつう》に注意されて居た。写真の面《おもて》に出て来る彼女は、日本の婦人には珍しいほど活潑で、可なりな冒険的撮影にも笑って従事するだけの、胆力と身軽さとを備えて居るらしく、女賊とか毒婦とか女探偵とか、妖麗な、そうして敏捷な動作を要する役に扮するのが、最も得意のようであった。殊に、いつぞや浅草の敷島館に上場された、「武士の娘」と題する一篇などは、キクコと呼ばれる日本の少女が、某国の軍事上の秘密を探るべく、間諜となって欧亜の大陸を股にかけ、芸者だの貴婦人だの曲馬師だのに変装すると云う筋で、女主人公のキクコを勤める百合枝の花々しい技芸は、一時公園の観客を沸騰させたものであった。彼女が去年、東京の日東活動写真会社の招聘を受けて、前例のない高給を以て抱えると云う条件の下に、四五年ぶりでアメリカから戻って来たのも、あの写真が内地人に多大の人気を博した結果なのである。

しかし百合枝には、「人間の顔を持った腫物」などと云う戯曲を、嘗て一度も演じた覚えがないように感ぜられた。その写真を見たと云う人から、劇の内容や一々の場面に就いて、委《くわ》しい説明を聞かされても、彼女は自分が、いつそんなものを撮影したのか、全く想い浮べる事が出来なかった。仕組まれて居る事件の発端は、或る暖い、広重の絵のようになまめかしい、南国の海に面した日本の港の、——多分長崎か何処かであろう。——入江に沿うた街道の遊廓に住む、菖蒲太夫《あやめだゆう》と云う華魁《おいらん》の話から始まって居る。町中で第一の美女と歌われて居る華魁が、夕暮になると何処《いずこ》ともなく聞えて来る尺八の音《ね》に誘われて、湾内の景色を望む青楼の三階に、龍宮の乙姫のようなあでやかな姿を見せながら、欄干に靠《もた》れて恍惚と耳を傾ける。尺八の主は、とうから彼女に恋い憧《こが》れて居る賤《いや》しい穢《きたな》い、青年の乞食なのである。せめて男と生れた効《かい》には、一夜なりとも彼《あ》の華魁の情《なさけ》を受けて、心置きなく此の世を去りたい。——そう云う願いを、人知れず胸の奥に秘めて居る青年は、自分の貧しい境涯を喞《かこ》ち、醜い器量を恥じる余り、いつもたそがれの闇に紛れては、海岸の波止場の蔭にさまよいでて、一管の笛を便りに、よそながら華魁の顔を垣間見るのを楽しんで居る。此の哀れな乞食の外にも、彼女に魂を奪われる者は多勢あるが、遂に一人も、彼女から真の情熱を報いられた客はない。それもその筈、彼女は去年の春の末に、此の港に碇泊したアメリカの商船の船員と、仮りの契りを結んでから、明けても暮れても其の白人の俤《おもかげ》を忘れかねて、再会の約束をした今年の秋を待ち侘びつつ、乞食の尺八が聞える度に、ぼんやりと沖の帆を眺めて、物思いに沈んで居る。……

此れが映画の序幕であって、やがてアメリカの船員が港へ戻って来る事になる。菖蒲太夫の愛に溺れた白人は、如何にもして彼女を故郷へ連れて行こうと焦りながらも、莫大な身請けの金を工面する道がないので、彼女を遊里から盗み出した上、商船の底に隠してアメリカへ密航させようとする。彼は、此の計画を遂行する為めに、例の笛吹きの乞食を説いて、相棒になって貰うのである。或る夜ひそかに華魁が妓楼《ぎろう》の裏口から忍んで出ると、其処に待ち構えて居る白人が彼女を大きなトランクに入れて、荷車に積んで、其れを乞食に預けたまま、自分は何食わぬ顔で商船へ帰ってしまう。乞食は町はずれの寂しい浜辺の、彼が毎晩雨露を凌いで居る古寺の空家へ、荷車を曳いて行って、華魁を入れたトランクを本堂の須弥壇《しゅみだん》の傍《かたわら》に匿って置く。数日を経て白人は、夜の深更に及んだ頃、一艘の艀《はしけ》を寺の崖下の波打ち際に漕ぎ寄せて、乞食の手からトランクを受け取り、首尾よく本船へ積み込もうと云う策略である。乞食は喜んで白人の頼みを諾したが、仕事が成功した暁には、どうぞ自分に金銭以外の報酬をくれろと云うのであった。彼は今迄誰にも語らなかった切なる胸の中を打ち明けて、「華魁の為めに働くことなら、私はたとい命を捨てても惜しいとは思いません。かなわぬ恋に苦しんで居るより、私はいっそ、華魁がそれ程までに慕って居るあなたの為めに力を貸して、お二人の恋を遂げさせて進ぜましょう。それが私の、華魁に対するせめてもの心づくしです。けれどもあなたが、此の見すぼらしい乞食の衷情を、若《も》し少しでも可哀そうだと思し召して下すったら、幸い華魁をあの古寺へ匿って置く間だけ、或はたった一と晩だけでも、どうぞ体を私の自由にさせて下さい。後生一生のお願いでございます。……」こう云って、あまたたび額を地に擦りつけて、涙を流して拝むのである。「……去年の春、あなたの船が此の港を立ち去ってから、毎日々々、お部屋の欄干の下に彳《たたず》んで、笛を吹いては華魁の心を慰めて上げたのも私でございます。乞食にしては身の程を知らぬ、勿体ないようなお願いでございますが、お聞き届けて下すったら、私は死んでも本望でございます。万一悪事が露顕しても、罪は私が一人で背負って、何処までもあなた方をお助け申しましょう」こう云って掻き口説かれて見ると、白人は其の願いをにべなく拒絶する訳にも行かない。自分の大事な恋人ではあるが、どうせ此れ迄多くの男に肌を許した華魁の事であるから、乞食の親切に報いる為めに、一と夜か二た夜の情を売っても差支えはなさそうに考えられた。――けれども、その話を聞かされた本人の菖蒲太夫は、櫺子格子《れんじごうし》の隙間から、乞食の様子を一と目見たばかりで、身顫《みぶる》いをしたのである。お客と云うお客に媚び諂《へつ》らわれて、我が儘一杯に振舞って来た驕慢《きょうまん》な彼女には、あの垢だらけな、鬼のような顔つきをした青年に、体は愚か袂の端にでも触られるのは、死ぬより辛く感ぜられた。そこで彼女は白人と諜《しめ》し合わせ、兎も角乞食を欺いて、トランクを荷車へ積ませてしまうのである。

白人は乞食に別れて本船へ帰って行く。乞食は荷車を古寺へ曳き込んでから、華魁の姿に会いたさに、うす暗い本堂の仏像の前でトランクの蓋を明けようとする。が、蓋には厳重な錠が下りて居て、どうしても開かない。彼は鞄にしがみ着いて、中に隠れて居る華魁を相手に、夜中白人の不信を恨み、悶々の情を訴える。「あの白人は、悪気があってお前を欺した訳ではない。きっと慌ててお前に鍵を渡すのを忘れたのだろう。今にあの人がやって来たら、此の鞄を明けさせて、必ず約束を果して上げる」こう云って、彼女は頻《しき》りに乞食を宥《なだ》め賺《すか》して居る。そうするうちに二三日過ぎて、夜の明け方に寺へ駈け附けた白人は、乞食に向って、鍵を忘れた事を幾度か謝罪した後、「もう直き商船が錨《いかり》を上げて港を出帆しようとして居る。とてもお前の頼みを聞いて居る暇はないから、どうぞ此れで勘弁してくれろ」と、若干の金包を投げ与える。乞食は無論、そんな物を快く受け取る筈がない。「此の後長く華魁の姿を見ることの出来ない世の中に、生きて居ても仕様がないから、私は望みがかなったら、海に身を沈めて死のうとまで決心して居た。それだのにあなた方は、酷くも私を欺したのだ。さほど華魁が私をお嫌いなさるなら、無理にとはお願い申しますまい。その代り、どうぞ今生の思い出に、一と眼なりともお顔を拝ませて下さいまし。せめて華魁の、黄金の刺繍《ぬいとり》をしたきらびやかなキモノの裾になりとも、最後の接吻をさせて下さいまし」彼は繰り返して頼むのであるが、どうしても華魁は承知しない。「何と云っても此の鞄の蓋を明けてくれるな。早く其の乞食を追い払って、私を船へ載せてくれろ」と、彼女はトランクの中から声を上げて、白人を促すのである。「お前には気の毒だが、ああ云って居る彼女の言葉を、私は背く訳には行かない。それに残念ながら、今日も私はトランクの鍵を持って来なかった」と云って、白人も当惑そうに弁解する。「よろしゅうございます。そう云う訳なら、私は今、あなたの眼の前で、此の海岸から身を投げます。ですが私は、死んでも華魁に会わずには置きません。会って恨みを言わずには置きません」と、乞食が云う。「死ぬなら勝手にお死に」と、彼女が再び鞄の中で叫ぶ。（写真では鞄の中の縦断面が映し出されて、眉を逆立てて癇癪を起して居る彼女の表情が、自由に撮影されて居る）「私が死んだら、私の執拗な妄念は、私の醜い俤は、華魁の肉の中に食い入って、一生お傍に附き纏って居るでしょう。その時になって、どんなに後悔なすっても及びませぬぞ」云うかと思うと、乞食は寺の前の崖の上から、海へ飛び込んでしまう。するとと白人は漸く安堵したように、急いでポッケットから鍵を取り出して、トランクの蓋を開いて、華魁をいたわりながら、互に謀《はかりごと》の成就したのを喜び合う。——此れ迄が一巻と二巻との内に収めてある。

第三巻以下は、日本を離れた船の中から、白人の故郷のアメリカの事になって居る。先ず現れる場面は、彼女を入れたトランクが種々雑多な貨物と一緒に、船艙《せんそう》の片隅へ放り込まれる光景と、そのトランクの縦断面とである。彼女は、最初から貯えられてある水とパンとで命を繋ぎながら、窮屈な鞄の中に、両膝を抱えて、膝頭の上に項を伏せて身を縮めて居る。二日立ち三日立つうちに、右の方の膝頭に妙な腫物《できもの》が噴き出して、恐ろしく膨れ上って来る。そうして、如何にも柔かそうに、ふわふわとふくれた表面には、更に細かい、四つの小さな腫物の頭が突起し始める。不思議な事に、その腫物は一向痛みを感じないらしく、彼女は脹れ上って居る局部を、手で圧して見たり叩いて見たりする。あまり邪慳《じゃけん》に圧し潰そうとしたせいか、柔かであった表面は、日を経るままにこちこちに固まって、其の代り四つの小さな腫物の頭が、だんだんくっきりと、明瞭な輪郭を示すようになる。四つのうちの、上の方にある二箇は球のように円くなり、中央の一箇は縦に細長い形を取り、最下部にある一箇は横にうねうねと、芋虫が這って居るような無気味なものになる。トランクの中は真暗な筈であるが、空気を通わせる為めに、予め作って置いた僅かな隙間からさし込む明りが、彼女の身辺を朦朧と闇に浮べて、殊に右の膝頭の周囲には、やや鮮やかな、月の暈《かさ》のような圏《わ》を描いた光線が、一滴の水をたらした如く、ぼったりと滲んで居る。彼女は或る時、其の疾患部をつくづく眺めて居ると、上方にある二箇の突起が、何となく生物《いきもの》の眼玉のように思われて仕方がない。すると今度は、中央の細長いのが鼻のようでもあり、下方の芋虫の形をして居るのが唇のようでもあり、脹れ膨らんだ表面全体が、俄然として、紛《まご》う方なき人間の顔になって居る事を発見する。「心の迷いではないか知らん」――彼女は斯うも考えたが、やはり人間の顔に相違ない。而《しか》も一層厭なことには、それは恰《あたか》も子供の画いた戯画のような、簡単な線から成り立っては居るけれど、どうやら彼の乞食の俤に似通って居る。そう気が付いた瞬間に、彼女は名状し難い恐怖に襲われて、ぐったりと俯向きに卒倒してしまう。……

気を失って項垂《うなだ》れて居る彼女の頭《つむり》は、ちょうど例の膝頭の上に伏さって居る。――その間に腫物は刻々と生長して、簡単な線に過ぎなかった眼だの、鼻だの、口だのは、次第に生命を吹き込まれたような精彩と形態とを帯び始め、遂に全く、乞食の顔を生き写しにした、本物の人間の首になって来る。(尤も、大きさは実物より幾分か小さく、ほぼ膝頭へ当て嵌まる程度に縮写されて、巧妙に焼き込まれて居る)其れは、嘗て笛吹きの青年が今や身を投げようとして呪いの言葉を放った折の、あの幽鬱な、執念深い表情を、すばらしい巨匠の手に依って彫刻された如く、寂然と、黙々と湛えて居るのである。

此れから以後は、その人面疽《じんめんそ》が彼女にさまざまな復讐をする、凄惨な物語で充たされて居る。船がアメリカに着くと、彼女は腫物の事を堅く恋人に秘して、サン・フランシスコの場末の町に、二人で間借りをして暮して行く。彼女と世帯を持ちたさに、船員を罷《や》めて或る会社の事務員に雇われた白人は、彼女が近頃ひどく陰気になったのを訝《あや》しみながら、それとなく注意して居るうちに、或る晩偶然な出来事から、とうとう忌まわしい秘密を発見して、彼女を捨てて逃げ去ろうとする。彼女は恋人を逃がすまいと激しく格闘する拍子に、過って咽喉を緊めて彼を殺してしまう。（彼女の体には、もう怨霊が乗り移って居て、無意識の間にそれ程の腕力を出させたのである）恋人の死体を前にして、彼女は暫らく失心したように、惘然《ぼうぜん》と彳立《てきりつ》して居る。――その時、格闘の結果ずたずたに裂けた、彼女のガウンの裾の破れ目から、白人の死体を覗いて居る人面疽が、凝然たる顔面筋肉を始めて動かして、にやにやと底気味の悪い笑いを洩らす。（爾来《じらい》人面疽は盛んに表情を動かすようになって、喜んだり悲しんだり、眼を瞋《いか》らしたり舌を出したり、どうかするとさめざめと涙を流し、唇を歪めて涎をたらしたりする）――此れが最初の復讐《ふくしゅう》であって、その後の彼女の運命は、絶えず人面疽に迫害され威嚇される。彼女は恋人を殺してから、急に性質が一変して、恐ろしく多情な、大胆な毒婦になると共に、美しかった容貌が以前に倍する優婉《ゆうえん》を加え、一段の嬌態を発揮するようになって、次から次へと多くの白人を欺しては、金を巻き上げ、命をも奪い取る。折々、犯した罪の幻に責められて、夜半の夢を破られる彼女は、何とかして改心しようとするけれど、いつも人面疽が邪魔をして、彼女の臆病を嘲り悪事を唆《そそのか》す為めに、知らず識らず堕落と悔恨とを重ねて行く。或る時は売春婦になり、或る時は寄席芸人になり、(此の劇の女主人公は、洋装にも日本服にも極めてよく調和する、都合のいい顔立ちと体格とを持って居て、其れが写真に遺憾なく応用されて居る) 彼女の境遇が変転するに従って、舞台は桑港《サンフランシスコ》から紐育《ニューヨーク》に移り、欧洲の各国から入り込んだ貴族や、富豪や、外交官や、身分の高い紳士連が幾人となく彼女に魅せられて生血を吸われる。彼女は壮麗な邸宅を構え、自動車を乗り廻して、貴婦人と見紛うばかりの豪奢な生活を送るようになるが、孤独の時は相変らず良心の苛責に悩まされる。而も悩まされれば悩まされる程却って彼女の肉体は水々しく膩《あぶら》ぎり、血色はつやつやと燿《かがや》きを増す。最後に彼女は、某国の侯爵の青年と恋に落ちて、首尾よく結婚してしまう。しかし、そのまま侯爵の若夫人として、平和な月日を過す事が出来たら、此の上もない好運であるけれど、決してそううまくは行かなかった。——或る晩、新婚の夫婦が多勢の客を招いて、大夜会を催した折に、彼女はとうとう、夫をはじめ誰にも深く隠して居た人面疽を満座の中で暴露してしまうのである。彼女は始終、腫物にガーゼをあてて、上から固い襪《くつした》をぴったりと穿いて、人の前では如何なる場合でも膝を露わさなかったのに、その夜、彼女が舞踏《ぶとう》室《しつ》で夢中になって踊り狂って居る最中、突然真赤な血が、純白な彼女の絹の襪に縷《いと》を引いて、点々と床にしたたり落ちる。それでも彼女はまだ気が付かずに跳ね廻ったが、平生から夫人が膝に繃帯《ほうたい》するのを不思議がって居た侯爵が、何げなく傍へ寄って傷を検べて見ると、――人面疽が自ら襪を歯で喰い破って、長い舌を出して、目から鼻から血を流しながら、げらげらと笑って居る。

彼女は其の場から発狂して、自分の寝室へ駈け込むと同時に、ナイフを胸に衝き通しつつ、寝台の上へ仰向きに倒れる。斯うして彼女は自殺してしまっても、人面疽だけは生きて居るらしく、未だに笑いつづけて居る。――

此れが「人間の顔を持った腫物」の劇の大略であって、一番最後には、人面疽の表情が「大映し」になって現れるのだそうである。

大概、此の種の写真には、映画の初めに、原作者並びに舞台監督の姓名と、主要な役者の本名と役割とを書いた、番附が現れるのを普通とする。ところが此の写真に限って、作者や舞台監督の名は、何処にも記載してない。ただ、菖蒲太夫に扮する女優の歌川百合枝だけが、れいれいしく紹介されて、開巻第一に、侯爵夫人と華魁との衣裳を着けて挨拶に出る。そうして、百合枝よりも寧ろ重大な役を勤める、笛吹きの乞食になる日本人は、一体誰なのか、どう云う素性の俳優なのか、今迄嘗て見覚えのない顔であるにも拘らず、全然閑却されて居るのである。

以上の話を、百合枝は、自分を贔屓《ひいき》してくれる二三の客筋から聞いた。それが当の本人の、活きた形を捉えて居る活動写真であるからには、彼女は必ず、いつか一遍、何処かで撮影した事があるに相違ない。けれどもどうしても、彼女にはそう云う劇を演じた記憶が残って居なかった。尤も、フィルムへ写し取る為めに劇を演ずる場合には、普通の芝居のように、戯曲の発展の順序を追うてやるのではなく、その時の都合に因って、台本の中から手あたり次第に場面を選んで、前後を構わず写して行くのである。どうかすると、或る一つの場所で、全然異った戯曲の中の或る光景を、二つも三つも同時に撮影する事さえあって、活動俳優は自分の演じて居る芝居の筋を、知らないで居る例が多い。殊に百合枝の雇われて居たグロオブ会社では、舞台監督が、俳優には絶対に、戯曲の筋を知らせない方針を取って居た。俳優は予め本読みや稽古をする必要がなく、役の性根などはまるで分らずに、ただ出たところ勝負で、舞台監督の示す動作を見倣って、その型の通りに泣いたり笑ったりしながら、一と場一と場を拵《こしら》え上げて行くのであった。こうすると、俳優の間違った解釈を防ぎ、彼等の技芸から芝居じみた不自然さを除いて、演出に活気を生ずると云う考から、アメリカの会社では、一般に此の方法を取って居るのである。それ故百合枝は、グロオブ会社で働いて居た四五年の間に、殆ど無数の場面を撮影して居るけれど、其れ等の場面が如何なる劇の要素となり、幾種類の戯曲を組み立てて居るのか、当時は自分でも想像することが出来なかった。云わば彼女は、或る大規模な機械に附属する、一局部の歯車だの弾条《ぜんまい》だのを製造して居る職工のようなものだ。成る程彼女は今迄に何回となく、華魁や貴族の婦人に扮装した覚えはある。女賊や女探偵を得意にして居たのであるから、トランクの中へ隠れたり、男を飜弄したり殺害したり、そんな光景を演じた経験は、頻々として、数え切れない程の回数に達して居る。従って、そのうちの孰《ど》れと孰れとが、人面疽の劇の一部になって居るのか、彼女に見当が付かないのも、一往無理はないのである。おまけに此の写真劇には、熟練な技師のトリックが行われて居て、腫物になる乞食の顔を彼女の膝へ焼き込みにしてあるのだから、本人に記憶がないのは、猶更当然であるかも知れない。

しかし、そうは云うものの、後日完成された一巻の映画を見るなり、若しくは筋を聞くなりすれば、大抵あの時写したのが此れであったと、思い当るのが常である。況《いわ》んや長尺物のうちでも、特に傑出した立派なフィルムを、彼女が今日迄、見たこともなく存在さえも知らなかったと云うような、馬鹿々々しい事実がある訳はない。それに彼女は、アメリカに居た時分、自分の演じた写真劇を見物するのが何よりも好きで、たといどんな短いフィルムでも、一つ残らず眼を通して居る筈だ。日本へ帰ってからも、ロス・アンジェルスの昔が恋いしいのと、東京の会社で拵える写真の出来栄えが思わしくないのとで、たまたまアメリカ時代の映画が、公園あたりへ現れる度に、暇を盗んでは見に行くようにした。

だから、全く心当りのない人面疽の写真が、いつの間にかグロオブ会社で製作されて、日本へ渡って来て居ると云う事実は、「人間の顔を持った腫物」以上に、百合枝には不思議に感ぜられたのである。

不思議と云えば、一体それ程芸術的な、優秀な写真が、長く世間に認められずに居て、此の頃ふいと、場末の常設館などを廻って居るのも不思議である。いつ其の写真は日本へ輸入されたのであろう。そうして何と云う会社の手によって、何処で封切りをされたのであろう。東京の場末に現れる前は、何処をうろうろして居たのだろう。彼女は試みに、同じ会社に勤めて居る俳優や、二三人の事務員に尋ねても、誰もそんな物は知らないと云う。折があったら、彼女は一遍見に行きたいと思って居ながら、何分遠い場末の町に懸《かか》って居て、今日は青山明日は品川と云うように、始終ぐるぐる動いて居る為めに、いつも機会を逸してしまう。

自分で目撃する事が出来ないとなると、その写真に対する彼女の好奇心はますます募った。グロオブ会社には、ジェファソンと云う「焼き込み」の上手な技師が抱えてあって、盛んにトリック写真を製作した位であるから、人面疽の劇も、恐らく彼の技倆《ぎりょう》を待って、出来上ったもののように察せられる。あの快活な剽軽《ひょうきん》なジェファソンの性質から考えると、彼女をびっくりさせる積りで、思い切って大胆な細工を施したかも知れない。腫物の箇所以外にも、予想外な、微妙なトリックを、全篇到る処に応用したかも分らない。――だが、そうだとすれば、いよいよ彼女は、その写真を見せられなければならぬ筈である。彼女は又、笛吹きの青年になると云う日本人の俳優に就いても、深い疑惑を抱かずには居られなかった。グロオブ会社に雇われて居た日本人の男優は、当時僅かに三人しかない。その三人の内の一人が、長崎のような港湾を背景に使って、少くとも乞食に扮して、彼女と一緒にカメラの前へ立った事は、断じてないのである。彼女の、白孺子《しろじゅす》のような美しい膝頭へ、醜い俤を永劫に残して居る日本人は、抑々《そもそも》何者であろう。――空想を逞しゅうすればする程、百合枝は何だか、自分が実際の菖蒲太夫であって、怪しい一人の日本人に呪われて居るような心地がした。

此の、解き難い謎の写真の来歴を、日東写真会社の内に、誰か知って居る者はないだろうか。斯う思った彼女は、ふと、会社に古くから勤めて居る、高級事務員のHと云う男に気が付いた。その男は、外国会社との取引に関する通信や、英語の活動雑誌だの、筋書だのの飜訳に従事して居る人間で、日本に渡って来たアメリカのフィルムの製作年代や、輸入の経路や、中に現れる俳優の素性に就いて、委しい知識を持って居るらしかった。その男に尋ねれば、何等かの手がかりは得られそうに考えられた。或る日彼女は、日暮里の撮影場の傍にある、事務所の二階へ上って行って、其処に執務して居るHの肩を、軽く叩いた。

「……ああ、あの写真の事ですか、……僕は満更知らなくもありませんが、……」

Hは、彼女に質問を受けると、人の好さそうな眼をぱちぱちやらせて、ひどく狼狽した様子であった。そうして、不安らしく部屋の周囲を見廻しながら、百合枝が開け放して這入って来た入口のドオアを、自ら立って締めて来た後、やっと落ち着いたようにしげしげと百合枝の顔を眺めた。

「……そうすると、あなた御自身にも、あの写真をお写しになった覚えがないのですね。それではいよいよ、あれは不思議な、変な写真です。実はあれに就いて、僕もあなたにお尋ねして見たいと、とうから思って居たのですが、他聞を憚る事でもあり、それに少し気味の悪い話なので、ついついお伺いする機会がありませんでした。今日は幸い誰も居ませんから、お話してもようござんすが、聞いた後で、気持を悪くなさらないように願います」

「大丈夫よ、そんな恐い話なら猶聞きたいわ」

と、百合枝は強いて笑いながら云った。

「……あのフィルムは、実は此の会社の所有に属して居るもので、此の間中暫らく場末の常設館へ貸して置いたのです。あれを会社が買ったのは、たしかあなたがアメリカからお帰りになる、一と月ばかり前でしたろう。それもグロオブ会社から直接買ったのではなく、横浜の或るフランス人が売りに来たのです。そのフランス人は、外の沢山のフィルムと一緒に、上海であれを手に入れて、長らく家庭の道楽に使って居たと云う話でした。フランス人が買った以前にも、支那や南洋の植民地辺で散々使われたものらしく、大分疵《きず》が附いて、傷んで居ました。しかし会社では、『武士の娘』以来、あなたの人気が素晴らしい際でもあり、あなたが会社へ来て下さると云う契約の整った時でしたから、――それに又、傷んでは居るが非常に抜けのいい、あなたの物としても特別の味わいのある、毛色の変った写真でしたから、法外に高い値段で買い取ったのです。ところが、買い取ってから間もなく、あの写真に就いて奇妙な噂が立ちました。あの写真を、夜遅く、たった一人で静かな部屋で映して見ると、可なり大胆な男でも、とてもしまいまで見て居れないような、或る恐ろしい事件が起ると云うのです。その事実は、以前会社に雇われて居たMと云う技師が、フィルムの曇りを修正する為めに、此の事務所の階下の部屋で、或る晩、あの写真を映しながら疵を検べて居た、偶然の機会に発見されたのです。最初は誰もMの言葉を信用しなかったのですが、その後、物好きな連中が二三人で、代る代る試して見てから、『たしかに怪しい、あの写真は化け物だ』と云う騒ぎになりました。怪しい事は其ればかりでなく、Mと云う技師は、あの写真に脅やかされたのが原因で、だんだん気が変になり、程なく会社を罷めるようになりました。M以外の、物好きに実験した連中も、それから毎晩、夢に魘《うな》されたり、訳のわからぬふらふら病に取り憑かれたり、合点の行かない出来事が引き続いて生じるのでした。現に社長なども、実験した一人ですが、後で半月ば８かり、病名の明かでない熱病に罹って、ひどい目に会わされたのです。御承知の通り、社長はああ云う御幣担《ごへいかつ》ぎの、神経質の人ですから、そうなるともう一日も、あのフィルムを会社に置くのが嫌になったのでしょう、病気が治ると直ぐ秘密会議を開いて、あのフィルムを至急他の会社へ売却する事、あのフィルムに関係のあるあなたに対しても、雇い入れの契約を破棄する事と云う、二箇条の意見を提出しました。しかし社長の此の意見には、大分反対の説があって、あれ程の高価で買い入れた品物を、会社がみすみす損をしてまで、むざむざと外の会社へ売却する必要はないと云う人や、フィルムは兎に角、本人のあなたに対して、折角契約を結び、既に多額な前金まで払って置きながら、破談を申し込むには及ばないと云う人や、議論が頗《すこぶ》る紛糾して、結局、一つの妥協案が成り立ったのです。つまり、あのフィルムに怪異が現れるのは、深夜、たった一人で見て居る時に限るのだから、めったに其れを発見する人はないであろうし、公開の席で多数の観覧に供するには、何の差支えもない訳である。だから社長が、どうしてもあれを社内に置くのが嫌なら、当分の間、余所の会社へ貸す事にして、相当の値で買い手の附くのを待つがいい。それからあなたとの契約は、解除する理由が全くない。勿論写真の怪しい事件が、世間へぱっと拡がるようなな事になると、あなたの人気にも、フィルムの価値にもけちが附きますから、一同堅く秘密を守って、たとい社内の人間にも、成るべく彼の事件を知らせないようにする。——斯う云う案が成り立ちました。ですから、役員や俳優の顔触れに著しい動揺のあった今日では、あの秘密を知って居る者が社内に殆ど一人も居ないのも無理はありません。最初、秘密会議に出席した重役連の意向では、何処かの堂々たる会社へ、高い損料で貸し付けようと云う考だったのですが、ちょうど其の頃は、会社同士の競争や軋轢が激しかったので、予想通りには行きませんでした。そこで拠《よ》んどころなく、京都、大阪、名古屋あたりの、小さな常設館へ貸してやりましたが、新聞へ花々しい広告を出すような、立派な興行主の手にかからない為めに、あれだけの写真が、遂に何処でも、一遍も評判にならずに済んでしまいました。そうして此の頃、関西を一と廻り廻って来て、東京の場末に現れるようになったのです。……僕は其のフィルムの、深夜の怪異に就いては実験者の話を聞いて居るだけで、自分が目撃した覚えはありません。けれども、あれを会社が買い込んで、警察官や新聞記者を立ち合わせて、始めて試写をやった際に、全篇の映画を詳細に見物して居る一人です。その時僕がおかしいと思ったのは、あの中の乞食の役を勤めて居る、日本人の俳優の事でした。あの劇に登場する主な男女優は、あなたを始め、僕には大概顔馴染の、名前の知れて居る人達ですが、ただあの日本人だけが、一度も見覚えのない役者でした。僕は少くとも、あなたと同時に、グロオブ会社に勤めて居た日本人の役者は誰々であるか、よく知って居る積りです。僕の調査に間違いがないとすれば、女優ではあなた以外にEとOとの二人、男優では、S、K、Cの三人だけしか居なかった筈です。……ねえ、そうでしょう？……ところが、其の乞食になる日本人は、Sでも、Kでも、Cでもないんです。それとも此の三人の外に、誰かお心あたりがありますか知らん？　僕があなたに伺って見たいと思って居たのは、その事でした」

Hは斯う云って、長い話の言葉を劃《くぎ》った。

「あたしにしても、三人の外に別段心あたりはないけれど、誰か、あたしの知らない役者を、焼き込みにしてあるような形跡はないでしょうか。……あたしはきっとそうだと思うわ」

「焼き込みと云う事も僕は考えて見ました。トリック写真の名人の、ジェファソンの話も聞いて居ましたから、或はそうかとも思いましたが、いくらジェファソンにしたところで、焼き込みにしたには、どうもあんまりうま過ぎる箇所が、正に一箇所か二箇所はある筈です。若しもあれが全然焼き込みだとすれば、ジェファソンは、殆ど僕等の想像も及ばない、霊妙不可思議の秘法を心得て居るのだとしか思われません。何にしてもいろいろの点に、疑わしい事が沢山ありますから、実は半年程前に、其れ等の疑問を一と纏めにして、グロオブ会社へ問い合せの手紙を出したのでした。するとやがて、会社から寄越した返事と云うのが、此れが又甚だ要領を得ないものでした。会社の云うには、自分の所では『人間のる場面の中に現れて居るような場面をところどころに使って、其れに多少似通った筋の写真劇を、作った事はたしかにある。だから、何者かが、そのフィルムへ他のフィルムの断片を交ぜ込んだり、或は一部分の修正や焼き込みを行って、そう云う贋物《にせもの》を製造したのではないだろうか。まさか当会社に専属中の俳優たちが、会社に内証で、そう云う写真を製作したとは信じられない。彼等は毎日当会社の撮影場に出勤して居て、そんな余裕は絶対にないのである。それから、ミッス・ユリエが当会社に在勤中、彼女と同時に雇われて居た日本人の男優は、仰せの如く、S、K、Cの三人だけである。しかし彼女の在勤以前に日本人が二三人雇われて居た事もあるし、最近には新たに雇ったのが五六人居る。故に当会社に於ても、彼女が顔を知らない日本人を、彼女のフィルムへ焼き込む事は、必ずしも有り得ない事ではなく、同時に随分ありそうな事である。但し、当会社では可なり困難な、破天荒な焼き込みを行い得るけれども、其の焼き込みが如何なる程度まで、如何にして可能なりやは、会社の秘密に属することで、残念ながら明瞭なお答えを致しかねる。猶、お問い合せのフィルムが果して贋物であるとすれば、当会社でも捨てて置く訳には行かないし、参考の為め、一往その品を検査して見たいから、相当の代価を以て、是非当会社へ譲り渡して貰いたい。……大体が、先ず斯う云ったような意味で、結局、あの写真の正体は未だに分らずじまいなのです。やっぱりグロオブ会社の返事の中に書いてあるように、何者かがあれに似寄った筋のフィルムを、外のいろいろのフィルムと継ぎ合わせて、うまい工合に修正したり焼き込んだりして、一つの写真劇に拵え上げたと云う推察が、一番中《あた》って居るようですが、そうだとすると、そんな仕事の出来る奴は、ジェファソン以上の名人でなければ出来ませんな。しかし、たといジェファソン以上の名人が居るにしても、あんな面倒な仕事を、単に金儲けの目的でやれるものではなし、例の真夜中の怪しい出来事と結び附けて考えると、あれには何か、余程の曰く因縁があるに違いありません。……斯う云うと変ですが、あなたは若しや、アメリカにいらしった時分に、誰かに恨みを買うような事を、なすった覚えがありはしませんかね。どうしてもあれは、あなたに惚れて居ながら、散々嫌われたとか欺されたとか云うような覚えのある人間に、関係のある事ですよ。僕は必ずそうだと思います。そう云う男の怨念が、あれに取り憑いて居るのです」

「まあ待って下さい。私はそんな、怨念に取り憑かれるような、悪い事をした覚えはないけれど、その腫物になる人間の顔と云うのは、全体どんな人相なのか知ら。何でも大そう醜男《ぶおとこ》だと云う話じゃないの」

「そうです、恐ろしい醜男です。日本人だか南洋の土人だか分らないくらいな、色の真黒な、眼のぎろりとした、でぶでぶした円顔の、全く腫物のような顔つきをした男です。年頃は三十前後、写真の中のあなたよりは十ぐらい老けて見えます。一遍見たら忘れられない顔ですから、あなたがその男を御存じなら、想い出せないと云う訳はありません。いや、あなたばかりでなく、僕等にしても、あの男が何処の何者だか今まで知らずに居ると云うのは、実に不思議千万です。なぜかと云うのに、笛吹きの乞食の役の、深刻を極めた演出と云い、腫物になってからの陰鬱な、物凄い表情と云い、先ずあの男に匹敵する俳優は、『プラアグの大学生』や『ゴオレム』の主人公を勤めて居る、ウェエゲナアぐらいなものでしょう。あれ程の特徴のある容貌と技芸とを持った、唯一の日本人が、内地では勿論、アメリカの活動雑誌にも、写真は愚か名前さえ出た事がないのは、其れがもう、既に一つの怪異です。今日までのところ、あの男は此の世の中には住んで居ない人間で、ただフィルムの中に生きて居る幻に過ぎないのです。そう信ずるより外、仕方がないのです。殊に、あのフィルムの怪異を実験した人達は、誰もあの男を、人間の写真であるとは思って居ません。『あの男は化け物だ。あんな役者が居る筈はない』と云います。『化け物でなければ、あんな怪しい変事が起る筈はない』と云います……」

「だから変事と云うのは、どんな事なんだか、其れをあたしは聞きたいんだわ。先《さっき》から随分委しく説明して貰ったけれど、肝腎の変事の話を未だ聞かないのだから……」

「実はあなたが、神経をお病みになるといけないと思って、わざと差控えて居たのですが、此処まで話が進んだら、もうしゃべってしまいましょう。僕はその、後に気違いになったと云うM技師から、最も詳細な実験談を聞きましたが、極く掻い摘まんだお話をすれば、つまりあの写真の怪異は、その幻の男の顔にあるのです。一体、M技師の長い間の経験に依ると、活動写真の映画と云うものは、浅草公園の常設館などで、音楽や弁士の説明を聴きながら、賑やかな観覧席で見物してこそ、陽気な、浮き立つような感じもするが、あれを夜更けに、たった一人で、カタリとも音のしない、暗い室内に映して見て居ると、何となく、妖怪じみた、妙に薄気味の悪い心持になるものだそうです。それが静かな、淋しい写真なら無論のこと、たとい花々しい宴会とか格闘とかの光景であっても、多数の人間の影が賑やかに動いて居るだけに、どうしても死物のようには思われず、却って見物して居る自分の方が、何だか消えてなくなりそうな心地がする。中でも一番無気味なのは、大映しの人間の顔が、にやにや笑ったりする光景で、――そう云う場面が現れると、思わずぞうっとして、歯車を廻して居る手を、急に休めてしまうと云います。そんな場合には、怒る顔よりも笑う顔の方が余計に恐いと、M技師はよく云って居ました。『それでも自分は技師だから何でもないが、もし、或る俳優が、自分の影の現れるフィルムを、たった一人で動かして見たら、どんなに変な気持がするだろう。定めし、映画に出て来る自分の方がほんとうに生きて居る自分で、暗闇に佇《たたず》んで見物して居る自分は、反対に影であるような気がするに違いない』と云って居ました。普通の写真でさえそうですから、『人間の顔を持った腫物』のフィルムを、此の日暮里の事務所の、ガランとした映写室で、真夜中頃に一人で見て居る時の心持は、大凡そ僕等にも想像する事が出来るでしょう。何でももう、第一巻の、笛吹きの乞食の姿が現れる刹那から、胸を刺されるような、総身に水を浴びるような気分を覚えて、或る尋常でない想像が襲って来るそうです。あの写真は随分疵だらけで処々ぼやけていながら、それが少しも邪魔にならずに、寧ろ陰鬱な効果を助けて居るのだから妙じゃありませんか。それでもまあ、第一巻から二巻、三巻、四巻までは、どうにか辛抱して見て居られるそうですが、第五巻の大詰《おおづめ》、菖蒲太夫の侯爵夫人が発狂して自殺するとき、次に現れる場面を、じっと静かに注意を凝らして視詰めて居ると、大概の者は恐怖の余り、一時気を失ったようになるのです。その場面はあなたの右の脚の半分を、膝から爪の先まで大映しにしたもので、例の膝頭に噴き出て居る腫物が、最も深刻な表情を見せて、さもさも妄念を晴らしたように、唇を歪めながら一種独得な、泣くような笑い方をする。――その笑い声が、突如として極めて微かに、しかしながら極めてたしかに、疑うべくもなく聞えて来る。M技師の考では、其れは外部に余計な雑音があったり、注意が少しでも散って居たりすると、聞えないくらいの声であるから、聞き取るには可なり耳を澄まして居る必要がある。事に依ると其の笑い声は、写真が公衆の前で映写される場合にも、聞えて居るのかも知れないが、恐らく誰にも気が付かずに済んでしまうのだろう。と、云うことでした。――どうです、あなたにしても、此の話をお聞きになったら、あまり好い気持はなさらないでしょう。実は、お話し申すのを忘れて居ましたけれど、そのフィルムは今度いよいよ、グロオブ会社へ譲り渡す事になって、二三日前に、巣鴨の大正館と云う常設館から引き取って、目下、此の事務所の其の棚の上に載せてあるのです。社内で映写する事は、社長から厳禁されて居ますが、フィルムのままで御覧になるなら一向差支えはありません。いかがです、僕が立ち会いの上で、ちょいとお見せ申しましょうかね。兎に角、その乞食の顔を御覧になるだけでも、何か此の謎を解く端緒を得られるかも知れません……」

Hは、百合枝が、好奇心に充ちた瞳を輝やかして頷くのを待って、傍の棚上に積んである、ブリキ製の円い五つの缶の内から、第一巻と第五巻とを収めた缶を引き擦り卸した。そうして、デスクの上で蓋を除いて、鋼鉄のようにキラキラしたフィルムの帯を、長く長く伸ばしながら、明るい窓の方へ向って、其れを百合枝に透かして見せた。

「ほら、御覧なさい。此れが乞食の男です……」

こう云って、Hは更に第五巻の方の、彼女の膝へ焼き込んである腫物の顔を示して、

「……ね、此の通り、此処で腫物になって居ます。此れがたしかに焼き込みだと云うこと

は、僕にも分ります。此の男にあなたは覚えがありませんかね」

「いいえ、私はこんな男に覚えはない」

と、彼女は云った。其れは彼女が、過去の記憶を辿って見る必要のないほど明らかに、未知の一人の日本人の男子の顔であった。

「だけどHさん、此れは焼き込みに違いないのだから、やっぱり何処かに、こう云う男が居ることは居るのね。まさか幽霊じゃないでしょう」

「ところが一つ、どうしても焼き込みでは駄目な処があるのです。そら、此処を御覧なさい。此れは第五巻の真ん中ごろです。女主人公が腫物に反抗して、その顔を擲《なぐ》ろうとすると、顔が彼女の手頸《てくび》に噛み着いて、右の拇指《おやゆび》の根本を、歯と歯の間へ、挟んで放すまいとしているのです。あなたは盛んに、五本の指をもがいて苦しがって居ます。此れなんぞはどうしたって、焼き込みでは出来ませんよ」

云いながら、Hはフィルムを百合枝の手に渡して、煙草に火をつけて、部屋の中を歩き廻りつつ、独り語のように附け加えた。――

「……此のフィルムが、グロオブ会社の所有になると、どう云う運命になりますかナ。僕は、抜け目のないあの会社の事だから、きっと此れを何本も複製して、今度は堂々と売り出すだろうと思います。きっとそうするに違いありません」

耳無芳一《みみなしほういち》の話

小泉八雲／戸川明三訳

七百年以上も昔の事、下ノ関海峡の壇ノ浦で、平家すなわち平族と、源氏すなわち源族との間の、永い争いの最後の戦闘が戦われた。この壇ノ浦で平家は、その一族の婦人子供ならびにその幼帝——今日安徳天皇と記憶されている——と共に、まったく滅亡した。そうしてその海と浜辺とは七百年間その怨霊に祟られていた……他の個処《かしょ》で私はそこに居る平家蟹という不思議な蟹の事を読者諸君に語った事があるが、それはその背中が人間の顔になっており、平家の武者の魂であると云われているのである。しかしその海岸一帯には、たくさん不思議な事が見聞きされる。闇夜には幾千となき幽霊火が、水うち際にふわふわさすらうか、もしくは波の上にちらちら飛ぶ――すなわち漁夫の呼んで鬼火すなわち魔の火と称する青白い光りがある。そして風の立つ時には大きな叫び声が、戦の叫喚《きょうかん》のように、海から聞こえて来る。

平家の人達は以前は今よりも遥かに焦慮《もが》いていた。夜、漕ぎ行く船のほとりに立ち顕《あらわ》れ、それを沈めようとし、また水泳する人をたえず待ち受けていては、それを引きずり込もうとするのである。これ等の死者を慰めるために建立されたのが、すなわち赤間ヶ関の仏教の御寺なる阿彌陀《あみだ》寺であったが、その墓地もまた、それに接して海岸に設けられた。そしてその墓地の内には入水された皇帝と、その歴歴の臣下との名を刻みつけた幾箇かの石碑が立てられ、かつそれ等の人々の霊のために、仏教の法会がそこで整然《ちゃん》と行われていたのである。この寺が建立され、その墓が出来てから以後、平家の人達は以前よりも禍いをする事が少なくなった。しかしそれでもなお引き続いて折々、怪しい事をするのではあった――彼等が完《まった》き平和を得ていなかった事の証拠として。

幾百年か以前の事、この赤間ヶ関に芳一という盲人が住んでいたが、この男は吟誦《ぎんしょう》して、琵琶を奏するに妙を得ているので世に聞こえていた。子供の時から吟誦し、かつ弾奏する訓練を受けていたのであるが、まだ少年の頃から、師匠達を凌駕していた。本職の琵琶法師としてこの男は重《お》もに、平家及び源氏の物語を吟誦するので有名になった、そして壇ノ浦の戦の歌を謡うと鬼神すらも涙をとどめ得なかったという事である。

芳一はその出世の首途《かどで》の際、はなはだ貧しかったが、しかし助けてくれる深切な友があった。すなわち阿彌陀寺の住職というのが、詩歌や音楽が好きであったので、たびたび芳一を寺へ招じて弾奏させました、吟誦さしたのであった。後になり住職はこの少年の驚くべき技倆《ぎりょう》にひどく感心して、芳一に寺をば自分の家とするようにと云い出したのであるが、芳一は感謝してこの申し出を受納した。それで芳一は寺院の一室を与えられ、食事と宿泊とに対する返礼として、別に用のない晩には、琵琶を奏して、住職を悦ばすという事だけが注文されていた。

ある夏の夜の事、住職は死んだ檀家の家で、仏教の法会を営むように呼ばれたので、芳一だけを寺に残して納所を連れて出て行った。それは暑い晩であったので、盲人芳一は涼もうと思って、寝間の前の縁側に出ていた。この縁側は阿彌陀寺の裏手の小さな庭を見下していたのであった。芳一は住職の帰来を待ち、琵琶を練習しながら自分の孤独を慰めていた。夜半も過ぎたが、住職は帰って来なかった。しかし空気はまだなかなか暑くて、戸の内ではくつろぐわけにはいかない、それで芳一は外に居た。やがて、裏門から近よって来る跫音《あしおと》が聞こえた。誰かが庭を横断して、縁側の処へ進みより、芳一のすぐ前に立ち止った――が、それは住職ではなかった。底力のある声が盲人の名を呼んだ――出し抜けに、無作法に、ちょうど、侍が下下《したじた》を呼びつけるような風に――

『芳一！』

芳一はあまりに吃驚《びっくり》してしばらくは返事も出なかった、すると、その声は厳しい命令を下すような調子で呼ばわった――

『芳一！』

『はい！』威嚇する声に縮み上って盲人は返事をした――『私は盲目で御座います！――どなたがお呼びになるのか解りません！』

見知らぬ人は言葉をやわらげて言い出した、『何も恐がる事はない、拙者はこの寺の近所に居るもので、お前の許《とこ》へ用を伝えるように言いつかって来たものだ。拙者の今の殿様というのは、大した高い身分の方で、今、たくさん立派な供をつれてこの赤間ヶ関に御滞在なされているが、壇ノ浦の戦場を御覧になりたいというので、今日、そこを御見物になったのだ。ところで、お前がその戦争《いくさ》の話を語るのが、上手だという事をお聞きになり、お前のその演奏をお聞きになりたいとの御所望である、であるから、琵琶をもち即刻拙者と一緒に尊い方々の待ち受けておられる家へ来るが宜い』

当時、侍の命令といえば容易に、反《そむ》くわけにはいかなかった。で、芳一は草履《ぞうり》をはき琵琶をもち、知らぬ人と一緒に出て行ったが、その人は巧者に芳一を案内して行ったけれども、芳一はよほど急ぎ足で歩かなければならなかった。また手引きをしたその手は鉄のようであった。武者の足どりのカタカタいう音はやがて、その人がすっかり甲冑を著《つ》けている事を示した――定めし何か殿居《とのい》の衛士ででもあろうか、芳一の最初の驚きは去って、今や自分の幸運を考え始めた――何故かというに、この家来の人の「大した高い身分の人」といった事を思い出し、自分の吟誦を聞きたいと所望された殿様は、第一流の大名に外ならぬと考えたからである。やがて侍は立ち止った。芳一は大きな門口に達したのだと覚った――ところで、自分は町のその辺には、阿彌陀寺の大門を外にしては、別に大きな門があったとは思わなかったので不思議に思った。「開門！」と侍は呼ばわった――すると閂《かんぬき》を抜く音がして、二人は這入って行った。二人は広い庭を過ぎ再びある入口の前で止った。そこでこの武士は大きな声で「これ誰れか内のもの！　芳一を連れて来た」と叫んだ。すると急いで歩く跫音《あしおと》、襖《ふすま》のあく音、雨戸の開く音、女達の話し声などが聞こえて来た。女達の言葉から察して、芳一はそれが高貴な家の召使である事を知った。しかしどういう処へ自分は連れられて来たのか見当が付かなかった。が、それをとやかく考えている間もなかった。手を引かれて幾箇かの石段を登ると、その一番最後《しまい》の段の上で、草履をぬげといわれ、それから女の手に導かれて、拭《ふ》き込んだ板鋪《いたじき》のはてしのない区域を過ぎ、覚え切れないほどたくさんな柱の角を廻り、驚くべきほど広い畳を敷いた床を通り——大きな部屋の真中に案内された。そこに大勢の人が集っていたと芳一は思った。絹のすれる音は森の木の葉の音のようであった。それからまた何んだかガヤガヤいっている大勢の声も聞こえた——低音で話している。そしてその言葉は宮中の言葉であった。

芳一は気楽にしているようにといわれ、座蒲団が自分のために備えられているのを知った。それでその上に座を取って、琵琶の調子を合わせると、女の声が——その女を芳一は老女すなわち女のする用向きを取り締る女中頭だと判じた——芳一に向ってこう言いかけた——

『ただ今、琵琶に合わせて、平家の物語を語っていただきたいという御所望に御座います』

さてそれをすっかり語るには幾晩もかかる、それ故芳一は進んでこう訊ねた——

『物語の全部は、ちょっとは語られませぬが、どの条下《くさり》を語れという殿様の御所望で御座いますか？』

女の声は答えた——

『壇ノ浦の戦《いくさ》の話をお語りなされ——その一条下が一番哀れの深い処で御座いますから』

芳一は声を張り上げ、烈しい海戦の歌をうたった――琵琶を以て、あるいは橈《かじ》を引き、船を進める音を出さしたり、はッしと飛ぶ矢の音、人々の叫ぶ声、足踏みの音、兜にあたる刃の響き、海に陥る打たれたもの音等を、驚くばかりに出さしたりして。その演奏の途切れ途切れに、芳一は自分の左右に、賞讃の囁く声を聞いた、――「何という巧い琵琶師だろう！」――「自分達の田舎ではこんな琵琶を聴いた事がない！」――「国中に芳一のような謡い手はまたとあるまい！」するといっそう勇気が出て来て、芳一はますますうまく弾きかつ謡った。そして驚きのため周囲はしんとしてしまった。しかし終りに美人弱者の運命――婦人と子供との哀れな最期――双腕に幼帝を抱き奉った二位の尼の入水を語った時には――聴者はことごとく皆一様に、長い長い戦き慄《おのの》える苦悶の声をあげ、それから後というもの一同は声をあげ、取り乱して哭《な》き悲しんだので、芳一は自分の起こさした悲痛の強烈なのに驚かされたくらいであった。しばらくの間はむせび悲しむ声が続いた。しかし、おもむろに哀哭の声は消えて、またそれに続いた非常な静かさの内に、芳一は老女であると考えた女の声を聞いた。

その女はこういった――

『私共は貴方が琵琶の名人であって、また謡う方でも肩を並べるもののない事は聞き及んでいた事では御座いますが、貴方が今晩御聴かせ下すったようなあんなお腕前をお有《も》ちになろうとは思いも致しませんでした。殿様には大層御気に召し、貴方に十分な御礼を下さる御考えである由を御伝え申すようとの事に御座います。が、これから後六日の間毎晩一度ずつ殿様の御前《ごぜん》で演奏《わざ》をお聞きに入れるようとの御意に御座います――その上で殿様には多分御帰りの旅に上られる事と存じます。それ故明晩も同じ時刻に、ここへ御出向きなされませ。今夜、貴方を御案内いたしたあの家来が、また、御迎えに参るで御座いましょう……それからも一つ貴方に御伝えするように申しつけられた事が御座います。それは殿様がこの赤間ヶ関に御滞在中、貴方がこの御殿に御上りになる事を誰れにも御話しにならぬようとの御所望に御座います。殿様には御忍びの御旅行ゆえ、かような事は一切口外致さぬようとの御上意によりますので。……ただ今、御自由に御坊に御帰りあそばせ』

芳一は感謝の意を十分に述べると、女に手を取られてこの家の入口まで来、そこには前に自分を案内してくれた同じ家来が待っていて、家につれられて行った。家来は寺の裏の縁側の処まで芳一を連れて来て、そこで別れを告げて行った。

芳一の戻ったのはやがて夜明けであったが、その寺をあけた事には、誰れも気が付かなかった――住職はよほど遅く帰って来たので、芳一は寝ているものと思ったのであった。

昼の中芳一は少し休息する事が出来た。そしてその不思議な事件については一言もしなかった。翌日の夜中に侍がまた芳一を迎えに来て、かの高貴の集りに連れて行ったが、そこで芳一はまた吟誦し、前回《ぜんかい》の演奏が贏《か》ち得たその同じ成功を博した。しかるにこの二度目の伺候中、芳一の寺をあけている事が偶然に見つけられた。それで朝戻ってから芳一は住職の前に呼びつけられた。住職は言葉やわらかに叱るような調子でこう言った、――

『芳一、私共はお前の身の上を大変心配していたのだ。目が見えないのに、一人で、あんなに遅く出かけては険難だ。何故、私共にことわらずに行ったのだ。そうすれば下男に供をさしたものに、それからまたどこへ行っていたのかな』

芳一は言い逃れるように返事をした――

『和尚様、御免下さいまし！　少々私用が御座いまして、他の時刻にその事を処置する事が出来ませんでしたので』

住職は芳一が黙っているので、心配したというよりもむしろ驚いた。それが不自然な事であり、何かよくない事でもあるのではなかろうかと感じたのであった。住職はこの盲人の少年があるいは悪魔につかれたか、あるいは騙されたのであろうと心配した。で、それ以上何も訊ねなかったが、ひそかに寺の下男に旨をふくめて、芳一の行動に気をつけており、暗くなってから、また寺を出て行くような事があったなら、その後を跟《つ》けるようにといいつけた。

すぐその翌晩、芳一の寺を脱け出て行くのを見たので、下男達は直ちに提灯をともし、その後を跟けた。しかるにそれが雨の晩で非常に暗かったため、寺男が道路へ出ない内に、芳一の姿は消え失せてしまった。まさしく芳一は非常に早足で歩いたのだ——その盲目な事を考えてみるとそれは不思議な事だ、何故かというに道は悪るかったのであるから。男達は急いで町を通って行き、芳一がいつも行きつけている家へ行き、訊ねてみたが、誰も芳一の事を知っているものはなかった。しまいに、男達は浜辺の方の道から寺へ帰って来ると、阿彌陀寺の墓地の中に、盛んに琵琶の弾じられている音が聞こえるので、一同は吃驚《びっく》りした。二つ三つの鬼火——暗い晩に通例そこにちらちら見えるような——の外、そちらの方は真暗であった。しかし、男達はすぐに墓地へと急いで行った、そして提灯の明かりで、一同はそこに芳一を見つけた——雨の中に、安徳天皇の記念の墓の前に独り坐って、琵琶をならし、壇ノ浦の合戦の曲を高く誦して。その背後《うしろ》と周囲《まわり》と、それから到る処たくさんの墓の上に死者の霊火が蝋燭《ろうそく》のように燃えていた。いまだかつて人の目にこれほどの鬼火が見えた事はなかった……

『芳一さん！——芳一さん！』下男達は声をかけた『貴方は何かに魅《ばか》されているのだ！

……芳一さん！』

しかし盲人には聞こえないらしい。力を籠めて芳一は琵琶を錚錚嘎嘎《そうそうかつかつ》と鳴らしていた——ますます烈しく壇ノ浦の合戦の曲を誦した。男達は芳一をつかまえ——耳に口をつけて声をかけた——

『芳一さん！——芳一さん！——すぐ私達と一緒に家にお帰んなさい！』

叱るように芳一は男達に向っていった——

『この高貴の方方の前で、そんな風に私の邪魔をするとは容赦はならんぞ』

事柄の無気味なに拘らず、これには下男達も笑わずにはいられなかった。芳一が何かに魅されていたのは確かなので、一同は芳一を捕《つかま》え、その身体をもち上げて起たせ、力まかせに急いで寺へつれ帰った——そこで住職の命令で、芳一は濡れた着物を脱ぎ、新しい着物を着せられ、食べものや、飲みものを与えられた。その上で住職は芳一のこの驚くべき行為をぜひ十分に説き明かす事を迫った。

芳一は長い間それを語るに躊躇《ちゅうちょ》していた。しかし、遂に自分の行為が実際、深切な住職を驚かしかつ怒らした事を知って、自分の緘黙《かんもく》を破ろうと決心し、最初、侍の来た時以来、あった事をいっさい物語った。

すると住職はいった……

『可哀そうな男だ。芳一、お前の身は今大変に危ういぞ！　もっと前にお前がこの事をすっかり私に話さなかったのはいかにも不幸な事であった！　お前の音楽の妙技がまったく不思議な難儀にお前を引き込んだのだ。お前は決して人の家を訪れているのではなくて、墓地の中に平家の墓の間で、夜を過していたのだという事に、今はもう心付かなくてはいけない——今夜、下男達はお前の雨の中に坐っているのを見たが、それは安徳天皇の記念の墓の前であった。お前が想像していた事はみな幻影《まぼろし》だ——死んだ人の訪れて来た事の外は。で、一度死んだ人のいう事を聴いた上は、身をその為《す》るがままに任したというものだ。もしこれまであった事の上に、またも、そのいう事を聴いたなら、お前はその人達に八つ裂きにされる事だろう。しかし、いずれにしても早晩、お前は殺される……ところで、今夜私はお前と一緒にいるわけにいかぬ。私はまた一つ法会をするように呼ばれている。が、行く前にお前の身体を護るために、その身体に経文を書いて行かなければなるまい』

日没前住職と納所とで芳一を裸にし、筆を以て二人して芳一の、胸、背、頭、顔、頸、手足——身体中どことといわず、足の裏にさえも——般若心経というお経の文句を書きつけた。それが済むと、住職は芳一にこう言いつけた。——

『今夜、私が出て行ったらすぐに、お前は縁側に坐って、待っていなさい。すると迎えが来る。が、どんな事があっても、返事をしたり、動いてはならぬ。口を利かず静かに坐っていなさい――禅定に入っているようにして。もし動いたり、少しでも声を立てたりすると、お前は切りさいなまれてしまう。恐わがらず、助けを呼んだりしようと思ってはいかぬ。――助けを呼んだところで助かるわけのものではないから。私がいう通りに間違いなくしておれば、危険は通り過ぎて、もう恐わい事はなくなる』

日が暮れてから、住職と納所とは出て行った、芳一は言いつけられた通り縁側に座を占めた。自分の傍の板鋪の上に琵琶を置き、入禅の姿をとり、じっと静かにしていた――注意して咳もせかず、聞こえるようには息もせずに。幾時間もこうして待っていた。

すると道路の方から跫音のやって来るのが聞こえた。跫音は門を通り過ぎ、庭を横断り、縁側に近寄って止った――すぐ芳一の正面に。

『芳一！』と底力のある声が呼んだ。が盲人は息を凝らして、動かずに坐っていた。

『芳一！』と再び恐ろしい声が呼ばわった。ついで三度――兇猛《きょうもう》な声で――

『芳一』

芳一は石のように静かにしていた――すると苦情をいうような声で――

『返事がない！――これはいかん！……奴、どこに居るのか見てやらなけれやア』……

縁側に上る重もくるしい跫音がした。足はしずしずと近寄って——芳一の傍に止った。それからしばらくの間——その間、芳一は全身が胸の鼓動するにつれて震えるのを感じた——まったく森閑としてしまった。

遂に自分のすぐ傍《そば》であらあらしい声がこう云い出した——『ここに琵琶がある、だが、琵琶師と云っては——ただその耳が二つあるばかりだ!……道理で返事をしないはずだ、返事をする口がないのだ——両耳の外、琵琶師の身体は何も残っていない……よし殿様へこの耳を持って行こう——出来る限り殿様の仰せられた通りにした証拠に……』

その瞬時に芳一は鉄のような指で両耳を掴まれ、引きちぎられたのを感じた! 痛さは非常であったが、それでも声はあげなかった。重もくるしい足踏みは縁側を通って退いて行き——庭に下り——道路の方へ通って行き——消えてしまった。芳一は頭の両側から濃い温いものの滴って来るのを感じた。が、あえて両手を上げる事もしなかった……

日の出前に住職は帰って来た。急いですぐに裏の縁側の処へ行くと、何んだかねばねばしたものを踏みつけて滑り、そして慄然《ぞっ》として声をあげた——それは提灯の光りで、そのねばねばしたものの血であった事を見たからである。しかし、芳一は入禅の姿勢でそこに坐っているのを住職は認めた——傷からはなお血をだらだら流して。

『可哀そうに芳一』と驚いた住職は声を立てた――『これはどうした事か……お前、怪我をしたのか』……

住職の声を聞いて盲人は安心した。芳一は急に泣き出した。そして、涙ながらにその夜の事件を物語った。『可哀そうに、可哀そうに芳一！』と住職は叫んだ――『みな私の手落ちだ！――酷い私の手落ちだ！……お前の身体中くまなく経文を書いたに――耳だけが残っていた！　そこへ経文を書く事は納所に任したのだ。ところで納所が相違なくそれを書いたか、それを確かめておかなかったのは、じゅうじゅう私が悪かった！……いや、どうもそれはもう致し方のない事だ――出来るだけ早く、その傷を治すより仕方がない……芳一、まア喜べ！――危険は今まったく済んだ。もう二度とあんな来客に煩わされる事はない』

深切な医者の助けで、芳一の怪我はほどなく治った。この不思議な事件の話は諸方に広がり、たちまち芳一は有名になった。貴い人々が大勢赤間ヶ関に行って、芳一の吟誦を聞いた。そして芳一は多額の金員を贈り物に貰った――それで芳一は金持ちになった……しかしこの事件のあった時から、この男は耳無芳一という呼び名ばかりで知られていた。

百合の花

小川未明

　太郎の一番怖がっているのは、向うの萩原のお婆さんで、太郎は今年八歳になります。この村中での一番の腕白児《わんぱくこ》で、同じ年輩の友達の餓鬼大将であります。萩原の勇というのが友達の中で一番弱いから弱虫弱虫と言って、よく泣かせて帰します。するとすぐにお婆さんが、目球を光らかして、しょうつかの鬼婆のようにぼうぼうと髪の乱れた胡麻塩頭《ごましおあたま》を振りたてて、

「これ太郎！　どこにいる。お前はまた家の勇を泣かせましたねえ、太郎、さあ私がお前さんをいじめて上げるから、お出でなさい」と息せいてやって来ます。太郎は冷汗を流し

ているとお婆さんは太郎の頬辺《ほっぺた》をつめったり、太郎の襟元《えりもと》を捕えて引き摺《ず》るのであります。だから、太郎は勇が泣いて帰ればすぐ逃げて姿を隠すのが常であります。

ある日太郎は独楽《こま》を持って、夏の炎天に遊びに出ました。太郎の独楽は鉄の厚味が二分もあって、心棒は太くて、大きな独楽でありましたから、独楽合戦をしましても、小さな木独楽はぽんぽん刎《は》ね飛ばされて、真二つにも、三つにも割られてしまうのです。それで太郎はいつも独楽合戦の時には一番の大将で、太郎と戦うのをみんな恐れていました。

今日は、往来へ出て見ましても、あたりに友達の影が見えないので、ひとりで独楽を持ったまま、友達欲しそうに歩いていますと、頭の上には銀蜻蛉《ぎんやんま》が飛んでいます。

そうするとむこうの圃《はたけ》で「ぎん来う――ぎん来う――」と呼ぶ声が聞えました。まさしく勇の声であったから、太郎は心のうちで大いに喜んで、早速勇の傍へ行って、いつになく優しい声で、「勇さん、独楽を廻さないか」と言いました。勇は、また廻せば割られてしまうから、黙ったまんまで首を振るのです。それでも太郎は、どうかして勇を誘い出そうと、肩に手を掛けて、

「僕が今度ぎんを捕ったら上げるから、今日は独楽を廻しましょう」と云いました。

勇は、

「ほんとうにお呉《く》れか」

「それはきっと上げるさ」

「いつ呉れるのだい」

「明日」

「何時に」

「朝上げるよ」

「でも、また独楽割られるから厭だ……」

勇は鬱《ふさ》いだ顔付《かおつき》をして、天上に飛んでいる銀蜻蛉を欲しそうに眺めています。

太郎は少し言葉が戦《ふる》えて、

「勇さん、この間割ったのは堪忍しておくれ？　今日はきっと割らんから」

「でも、力を入れて撃つんだもの……」

「力を入れないから」

「お婆さんが買ってくれたんだもの……」

「え、お婆さん？　が買ってくれたの？……」

「ああ、もう割っていけんって、今度割ると私《わし》が叱られるもの……」

「鉄胴《てつどう》の独楽かい？」

「いいえ、木独楽だ」

「大きいのかい……」

「ああ、大きいんだ」

「僕はもう割らないがなあ……」と太郎は溜息を洩らした。そうせば僕独楽を廻すけも……」

「太郎さんは私にあの絵紙呉れないか？　そうせば僕独楽を廻すけも……」

「牛に子供の乗っている絵紙かい？」

「あれ、呉れればいいがなあ……誰か呉れんかしらん」

「お月様が出ていて、笛を吹いている絵紙だろう？」

「うん」と勇は首肯《うなず》く。

「あれを上げれば、独楽をお廻しかい」

「廻すけども割るんなら厭だ」

「僕はもう割らんよ」

「じゃ絵紙は呉れるの……」

「ああ、上げよう」

「銀蜻蛉は明日の朝呉れるの？」

「ああ、明日の朝捕って上げるよ……」

「独楽を割るんでないよ。え、きっと！」

「ああ、割らないってば。家に独楽はあるの……じゃ早く行って持ってお出で、待っているから」

勇は新しい、軽そうな木独楽を持って来ました。それに較《くら》べると太郎のは厚い鉄の胴がはまっていて、なかなか重たい独楽であります。

「太郎さん、お前さんが先にお廻しよ」

「僕？」

「そうっとお廻しよ」

「ああ」

「割るんでないよ、さあ手をお出し」

と勇と太郎とは互に手を握り合って、約束をしました。そこで勇は安心をして、太郎の廻すのを待っています。

太郎はなるたけ軽く廻しました。勇は思い切って力を入れて太郎の独楽を打ちますから、いつも太郎は負けてばかりいます。

「太郎さん、私の独楽は強いだろう」

「強くないわい」

「君は軽く廻すんだよ。だってこっちは木独楽だもの」

太郎は言うなりに軽く廻します。勇は力を入れて打ちましたから太郎の独楽は溝《どぶ》の中に飛び込みました。

「やあ、太郎さんの独楽は溝の中へ落ちた《おっこ》」と囃《はや》しましたから太郎は口惜しがって、泥に汚れたのを草の葉で拭きとって稍々《やや》力を入れて廻す。勇は打ち損ねて、自分の独楽は地面《じべた》を摩《す》って空廻りをする、今度は勇が先に廻さなければなりません。

もはや太郎は約束のことなど忘れて、白い木独楽を目当《めあて》に思う存分に打込んだから、的を外れずに真二つに勇の独楽は割れて飛んでしまいました。

勇は茫《ぼう》として、自分の飛んだ独楽の行衛《ゆくえ》を見ていましたが、だんだん悲しそうな顔付になって泣き出しました。この時家の前にお婆さんのこっちを見ている姿が見えたから、太郎は物も言わずにそこを一生懸命に逃げたのであります。

太郎は、もうここなら大丈夫だと思って、桑の畑中に隠れました。蒼々《あおあお》として涼しい風の吹くたびに、さわさわと桑の葉が鳴って、胸を驚かしましたけれど、誰も来る気遣いはありませんから、日蔭の草の上にねころんでいました。

紫色に熟した桑の実が鈴生《すずなり》に生《な》っていましたから、手を伸ばしてはそれを取って食べますと、ちょうど甘露のような味がします。遠くの方で、聞くともなしに、水のちょろちょろ湧き出る音がして、耳を傾けていると、だんだん眠うなって来ますので、太郎は不審に思って、この辺《あたり》に清水《しみず》の湧く所があるのかしらんと、その水音のする方へ歩いて行きました。

　すると桑畑を抜け出て、程なく行きますと野中の大きな栗の樹の下にそれはそれは水晶のように綺麗な清水が湧き出ているのであります。太郎は独楽を懐《ふところ》に持ったまま、佇《たたず》んでしばらくその中に見とれていました。ちょうどそこへ足音がして、後方《うしろ》から可愛らしい下《さげ》髪《がみ》の花ちゃんが嬉しそうに微笑《ほほえ》みながら来たのです。太郎はびっくりして、いつも自分と仲の好い花ちゃんのことですから、早速声をかけました。

「お花ちゃん好く来てお呉れだった。僕は一人で寂しかったよ」

「太郎さんはいつここへ来たの」

「今少し前に」

「おお、美しい清水だことね」

「お花ちゃんは、萩原のお婆さん見たかい」

「ああ見た、大そう怒っててよ」

「怒っていたかい？」

「太郎さんを探していたわ」

「萩原の梅干婆なんか、誰が怖れるもんだ」太郎は口ではそういいましたものの、家へ帰ることも出来んで困っていました。

「あ、太郎さん御覧、この清水の中にあんな光ったものがあってよ」

「なんだろう、僕が取って上げよう」と太郎は水の中に手を浸《ひた》しますと底は浅いから直《す》ぐ手は届きましたが、いくら掬《すく》って見ても光るものに当りません。手を入れると水は濁る、しばらくすると又澄んでもとのように光るものが見えるのであります。

その中に花ちゃんも手を入れて、二人が掻き廻しましたけれども遂に取ることが出来ませんでした。

「なんでしょうね、太郎さん」

「なんだろう、お花ちゃん」

「妾《あたい》は焦《じれ》ったくなってよ」

「ええ、この独楽を投げてやれ！」と太郎は独楽を清水に投げ込みました。しまするとたちま忽《たちま》ちそこに美しい五色の糸でかがった手毬《てまり》が三つ浮んだのであります。花ちゃんは喜んで拾い上げて、

「まあ、美しい手毬だことねえ、太郎さん妾にお呉れでないの」

「みんな上げるよ。僕の独楽はどこへ行ったろうか」

「あら、見えんのね」

「ああ、独楽はどっかへ行っちゃった……」太郎は悲しそうな顔付をしています。その内に時間もよほど経ちましたので、花ちゃんは家を思い出して太郎を誘うのであります。

「太郎さん、妾が萩原のお婆さんにお詫びをして上げるから帰りましょうね」

「じゃお花ちゃんお詫びをしてくれるの」

「ああ、妾がしてあげるのよ」

「婆さん、許して呉れればいいが……お花ちゃん晩になって暗くなるまでここにいておくれでないか。僕は暗くなるまで待っていよう」

「でも、妾、母さんが心配するもの」

「お花ちゃん、いておくれよ。暗くなったら、じき帰るから」

「遅く帰ると母さんに叱られますもの」

「いやか?」

「………」

「お花ちゃん、いやなのか……」

黙った花ちゃんは首肯いたのである。

「いやならその毬みんな返せ。いじめてやるぞ」

花ちゃんは悲しそうな顔付をして、一ぱい涙ぐんでいます。しかし手毬はしっかりと胸に押しあてうつむいていたのであります。

二人がそうやって、押問答をしているうちに日は暮れてしまい、大空には真珠のような光る星影が撒《ま》き散らしたがように輝いたのであります。そしてその影が清水に映って、ダイヤモンドのような光りが、じっと見詰めていると、花ちゃんの母様《かあさん》の顔になるかと思うと、太郎には萩原の婆さんの顔に見え、花子にはやさしい叔母さんの姿に見えるかと思うと、太郎には勇の泣顔に見えて、花ちゃんは余りの慕わしさと、懐かしさにそこを立ち去ることを忘れました。太郎は又余りの悲しさと怖ろしさに家へ帰るのを忘れて、二人はじっと思い思いにその光りを見つめていますと、どこからか心をひきつけるような音楽の響がするのであります。忽ち花ちゃんの目には今までの怪しい光が、太郎の笑顔になって見え、太郎の目には花ちゃんの笑顔になって見えました。

「あれ！」と覚えず二人は叫んで互に手と手を握り合いました。なおも二人はじっと見詰めています。今度は太郎と花ちゃんの二人の顔がそこに並んで現われたのであります。この時二人は覚えず前に進み出て、その泉の中を覗きました。

「お花ちゃん！」

「太郎さん！」

「あれ、独楽が見える」

「あれ、音楽がこの中で聞えてよ」

「まだ光るものが見えて？」

「星の影が映ってる」

「あれあれまた二人の顔が映ってよ」

「お花ちゃん中へ入って見よう」

「あれ、太郎さん一しょに入りましょう」

二人は手を取りあって、花ちゃんは手毬を持ったまま小さな清水の中に入った。とすれば忽ち底の浅かった清水は見る見る深く深く、広く広くなって、二人の姿は見えなくどこへか沈んでしまった。

＊　＊　＊

あくる日そこへ行って見ると、栗の樹の下には清水もなければ、その跡にただ二本の美しい百合の花が咲き乱れていたのであります。

俘囚《ふしゅう》

海野十三《うんのじゅうざ》

「ねエ、すこし外へ出てみない！」

「うん。――」

あたしたちは、すこし飲みすぎたようだ。ステップが蹌々《よろよろ》と崩れて、ちっとも鮮かに極《きま》らない。松永《まつなが》の肩に首を載せている――というよりも、彼の逞《たくま》しい頸《くび》に両手を廻して、シッカリ抱きついているのだった。火のように熱い自分の息が、彼の真赤な耳朶《みみたぼ》にぶつかっては、逆にあたしの頬を叩く。

ヒヤリとした空気が、襟首のあたりに触れた。気がついてみると、もう屋上に出ていた。

あたりは真暗《まっくら》。——唯《ただ》、足の下がキラキラ光っている。水が打ってあるらしい。

「さあ、ベンチだよ。お掛け……」

彼は、ぐにゃりとしているあたしの身体を、ベンチの背中に凭《もた》せかけた。ああ、冷い木の床。いい気持だ。あたしは頭をガクンとうしろに垂れた。なにやら足りないものが感ぜられる。あたしは口をパクパクと開けてみせた。

「なんだネ」と彼が云った。変な角度からその声が聞えた。

「逃げちゃいやーよ。……タバコ！」

「あ、タバコかい」

親切な彼は、火の点《つ》いた新しいやつを、あたしの唇の間に挟んでくれた。吸っては、吸う。美味しい。ほんとに、美味しい。

「おい、大丈夫かい」松永はいつの間にか、あたしの傍《そば》にピッタリと身体をつけていた。

「大丈夫よオ。これッくらい……」

「もう十一時に間もないよ。今夜は早く帰った方がいいんだがなア、奥さん」

「よしてよ！」あたしは呶鳴《どな》りつけてやった。「莫迦《ばか》にしているわ、奥さんなんて」

「いくら冷血の博士だって、こう毎晩続けて奥さんが遅くっちゃ、きっと感づくよ」

「もう感づいているわよオ、感づいちゃ悪い？」

「勿論、よかないよ。しかし僕は懼《おそ》れるとは云やしない」

「へん、どうだか。――懼れていますって声よ」

「とにかく、博士を怒らせることはよくないと思うよ。事を荒立てちゃ損だ。平和工作を十分にして置いて、その下で吾々《われわれ》は楽しい時間を送りたいんだ。今夜あたり早く帰って、博士の首玉《くびったま》に君のその白い腕を捲《ま》きつけるといいんだがナ」

　彼の云っている言葉の中には、確かにあたしの夫への恐怖が窺われる。青年松永は子供だ。そして偶像《ぐうぞう》崇拝家だ。あたしの夫が、博士であり、そして十何年もこの方、研究室に閉じ籠って研究ばかりしているところに一方ならぬ圧力を感じているのだ。博士がなんだい。あたしから見れば、夫なんて紙人形に等しいお馬鹿さんだ。お馬鹿さんでなければ、あんなに昼となく夜となく、研究室で屍体《したい》ばかりをいじって暮せるものではない。その癖、この三四年こっち、夫は私の肉体に指一本触った事がないのだ。

　あたしは、前から持っていた心配を、此処《ここ》にまた苦く思い出さねばならなかった。

（この調子で行くと、この青年は屹度《きっと》、私から離れてゆこうとするに違いない！）

　きっと離れてゆくだろう。ああ、それこそ大変だ。そうなっては、あたしは生きてゆく力を失ってしまうだろう。松永無くして、私の生活がなんの一日だってあるものか。――こうなっては、最後の切り札を投げるより外《ほか》に途《みち》がない。おお、その最後の切り札！

「ねえ。――」とあたしは彼の身体をひっぱった。「ちょいと耳をお貸しよ」

「？」

「あたしがこれから云うことを聴いて、大きな声を出しちゃいやアよ」

彼は怪訝な顔をして、あたしの方に耳をさしだした。

「いいこと！――」グッと声を落として、彼の耳の穴に吹きこんだ。「あんたのために、あたし、今夜うちの人を殺してしまうわよ！」

「えッ？」

これを聴いた松永は、あたしの腕の中に、ピーンと四肢を強直させた。なんて意気地《いくじ》なしなんだろう、二十七にもなっている癖に……。


邸内《ていない》は、底知れぬ闇の中に沈んでいた。

（お誂《あつら》え向きだわ！）今宵《こんや》は夜もすがら月が無い。

トントンと、長い廊下の上に、あたしの跫音《あしおと》がイヤに高く響く。薄ぐらい廊下灯《ろうかあかり》が、蜘蛛の巣だらけの天井に、ポッツリ点いている。その角を直角に右に曲る。――プーンと、きつい薬剤の匂いが流れて来た。夫の実験室は、もうすぐ其所《そこ》だ。

夫の部屋の前に立って、あたしは、コツコツと扉《ドア》を叩いた。――返事はない。

無くても構わない。ハンドルをぎゅっと廻すと、扉は苦もなく開いた。夫は、あたしの訪問することなどを、全然予期していないのだ。だから扉々には、鍵もなにも掛っていない。あたしは、アルコール漬の標本壜《びん》の並ぶ棚の間をすりぬけて、ズンズン奥へ入っていった。

一番奥の解剖室の中で、ガチャリと金属の器具が触れ合う物音がした。ああ、解剖室！　それは、あたしの一番苦手の部屋であったけれど……。

扉を開けてみると、一段と低くなった解剖室の土間に、果して夫の姿を見出した。解剖台の上に、半身を前屈みにして、屍体をいじりまわしていた夫は、ハッと面《おもて》をあげた。白い手術帽と、大きいマスクの間から、ギョロとした眼だけが見える。困惑の目の色がだんだんと憤怒《ふんぬ》の光を帯びてきた。だが、今夜はそんなことで駭《おどろ》くようなあたしじゃない。

「裏庭で、変な呻り声がしますのよ。そしてなんだかチカチカ光り物が見えますわ。気味が悪くて、寝られませんの。ちょっと見て下さらない」

「う、うーッ」と夫は獣のように呻った。「くッ、下らないことを云うな。そんなことア無い」

「いえ本当でございますよ。あれは屹度《きっと》、あの空井戸からでございますわ。あなたがお悪いんですわ。由緒ある井戸をあんな風にお使いになったりして……」

空井戸というのは、奥庭にある。古い由緒も、非常識な夫の手にかかっては、解剖のあとの屑骨《くずぼね》などを抛《な》げこんで置く地中の屑箱にしか過ぎなかった。底はウンと深かったので、ちょっとやそっと屑を抛げこんでも、一向に底が浮き上ってこなかった。

「だッ黙れ。……明日になったら、見てやる」

「明日では困ります。只今、ちょっとお探りなすって下さいませんか。さもないと、あたくしはこれから警察に参り、あの井戸まで出張して頂くようにお願いいたしますわ」

「待ちなさい」と夫の声が慄《ふる》えた。「見てやらないとは云わない。……さあ、案内しろ」

夫は腹立たしげに、メスを解剖台の上へ抛《ほう》りだした。屍体の上には、さも大事そうに、防水布をスポリと被せて、始めて台の傍を離れた。

夫は棚から太い懐中電灯を取って、スタスタと出ていった。あたしは十歩ほど離れて、後に随《したが》った。夫の手術着の肩のあたりは、醜く角張って、なんとも云えないうそ寒い後姿だった。歩むたびに、ヒョコンヒョコンと、なにかに引懸《ひっか》かるような足つきが、まるで人造人間の歩いているところと変らない。

あたしは夫の醜躯《しゅうく》を、背後《うしろ》からドンと突き飛ばしたい衝動にさえ駆られた。そのときの異様な感じは、それから後、しばしばあたしの胸に蘇ってきて、そのたびに気持が悪くなった。だが何故それが気持を悪くさせるのかについて、そのときはまだハッキリ知らなかったのである。後になって、その謎が一瞬間に解けたとき、あたしは言語に絶する驚愕と悲嘆とに暮れなければならなかった。訳はおいおい判ってくるだろうから、此処には云わない。

森閑《しんかん》とした裏庭に下りると、夫は懐中電灯をパッと点じた。その光りが、庭石や生えのびた草叢《くさむら》を白く照して、まるで風景写真の陰画《いんが》を透かしてみたときのようだった。あたしたちは無言のまま、雑草を掻き分けて進んだ。

「何にも居ないじゃないか」と夫は低く呟いた。

「居ないことはございませんわ。あの井戸の辺でございますよ」

「居ないものは居ない。お前の臆病から起った錯覚だ！　どこに光っている。どこに呻っている……」

「呀《あ》ッ！　あなた、変でございますよ」

「ナニ？」

「ごらん遊ばせ。井戸の蓋が……」

「井戸の蓋？　おお、井戸の蓋が開いている。どッどうしたんだろう」

井戸の蓋というのは、重い鉄蓋だった。直径が一メートル強《きょう》もあって、非常に重かった。

そしてその上には、楕円形の穴が明いていた。十五糎《センチ》に二十糎だから、円に近い。

夫は秘密の井戸の方へ、ソロリソロリと歩みよった。判らぬように、ソッと内部を覗いてみるつもりだろう。腰が半分以上も、浮きたった。夫の注意力は、すっかり穴の中に注がれている。すぐ後にいるあたしにも気がつかない。機会《チャンス》！

「ええいッ！」

ドーンと夫の腰をついた。不意を喰らって、

「なッ何をする、魚子《うおこ》！」

と、夫は始めてあたしの害心《がいしん》に気がついた。しかし、そういう叫び声の終るか終らないうちに、彼の姿は地上から消えた。深い空井戸の中に転落していったのだ。懐中電灯だけが彼の手を離れ、もんどり打って草叢に顎《あご》をぶっつけた。

（やっつけた！）と、あたしは俄《にわ》かに頭がハッキリするのを覚えた。（だが、それで安心出来るだろうか）

「とうとう、やったネ」

別な声が、背後から近づいた。松永の声だと判っていたが、ギクンとした。

「ちょっと手を貸してよ」

あたしは、拾ってきた懐中電灯で、足許《あしもと》に転がっている沢庵石《たくあんいし》の倍ほどもある大きな石

を照した。

「どうするのさ」

「こっちへ転がして……」とゴロリと動かして、「ああ、もういいわよ」――あとは独りでやった。

「ウーンと、しょ！」

「奥さん、それはお止しなさい」と彼は慌てて停めたけれど、

「ウーンと、しょ！」

大きな石は、ゴロゴロ転がりだした。そして勢い凄《すざま》じく、井戸の中に落ちていった。夫への最後の贈物だ。――ちょっと間を置いて、何とも名状できないような叫喚《きょうかん》が、地の底から響いてきた。

松永は、あたしの傍にガタガタ慄えていた。

「さア、もう一度ウインチを使って、蓋をして頂戴よオ」

ギチギチとウインチの鎖が軋んで、井戸の上には、元のように、重い鉄蓋が載せられた。

「ちょっとその孔《あな》から、下を覗いて見てくれない」

鉄蓋の上には楕円形の覗き穴が明いていた。縦が二十センチ横が十五センチほどの穴である。

「飛んでもない……」

松永は駭《おどろ》いて尻込みをした。

夜の闇が、このまま何時までも、続いているとよかった。この柔い褥《しとね》の上に、彼と二人だけの世界が、世間の眼から永遠に置き忘られているとよかった。しかし用捨《ようしゃ》なく、白い暁がカーテンを通して入ってきた。

「じゃ、ちょっと行って来るからネ」

松永は、実直な銀行員だった。永遠の幸福を思えば、彼を素直に勤め先へ離してやるより外はない。

「じゃ、いってらっしゃい。夕方には、早く帰ってくるのよ」

彼は膨れぼったい眼を気にしながら出ていった。

使用人の居ないこの広い邸宅は、まるで化物屋敷のように、静まりかえっていた。一週に一度は、派出婦がやって来て、食料品を補ったり、洗い物を受けとったりして行くのが例だった。いつまで寝ていようと、もう気儘《きまま》一杯にできる身の上になった。呼びつけては、気短かに用事を怒鳴りつける夫も居なくなった。だからいつまでもベッドの上に睡っていればよかったのであるが、どういうものか落付いて寝ていられなかった。

あたしは、ちぐはぐな気持で、とうとうベッドから起き出でた。着物を着かえて鏡に向った。蒼白い顔、血走った眼、カサカサに乾いた唇——

（お前は、夫殺しをした！）

あたしは、云わでもの言葉を、鏡の中の顔に投げつけた。おお、殺人者！　あたしは取返しのつかない事をしてしまったのだ。窓の向うに見える井戸の中に、夫の肉体は崩れてゆくだろう。彼にはもう二度と、この土の上に立ち上る力は無くなってしまったのだ。鉛筆の芯が折れたように、彼の生活はプッリと切断してしまったのだ。彼の研究も、かれの家族も（あたし独りがその家族だった）それから彼の財産も、すべて夫の手を離れてしまった。彼は今日まで、すっかり無駄働きをしたようなものだ。そんなことをさせたのは、一体誰の罪だ。殺したのは、あたしだ。しかし殺させるように導いたのは夫自身だったじゃないか。他の男のところへ嫁《とつ》いでいれば、人殺しなどをせずに済んだにちがいない。あたしの不運が人殺しをさせたのだ。といって人殺しをしたのは此の手である。この鏡に写っている女である。もう拭っても拭い切れない。あたしの肉体には、夫殺しの文字が大きな痣《あざ》になっているのに違いない。誰がそれを見付けないでいるものか。じわりじわりと司直《しちょく》の手が、あたしの膚《はだ》に迫ってくるのが感じられる。

（ああ、こんな厭《いや》な気持になるのだったら、夫を殺すのではなかった！）

押しよせてくる不安に、あたしはもう堪えられなくなった。なにか救いの手を伸べてくれるものは無いか。

「そうだ、有る有る。お金だ。夫の残していった金だ。それを探そう！」

いつか夫が、莫大な紙幣《さつ》の札を数えているところへ、入っていったことがあった。あれは五年ほど前のことだったが、研究に使ったとしても、まだ相当残っている筈《はず》。それを見つけて、あとはしたいことを今夜からでもするのだ。

あたしは、それから夕方までを、故《な》き夫の隠匿《いんとく》している財産探しに費した。茶の間から始まって、寝室から、書斎の本箱、机の抽斗《ひきだし》それから洋服箪笥《だんす》の中まで、すっかり調べてみた。その結果は、云うまでもなく大失敗だった。あれほど有ると思った金が、五十円と纏《まと》まっていなかった。この上は、夫の解剖室に入って屍体の腹腔《ふくこう》までを調べてみなければならなかったが、あの部屋だけは全く手を出す勇気がない。しかしそれほどまでにせずとも、これ以上探しても無駄であることが判った。それは数冊の貯金帖を発見したことだったが、その帖面の現在高は、云いあわせたように、いずれも一円以下の小額だった。結局わが夫の懐工合は、非常に悪いことが判った。意外ではあるが、事実だから仕方がない。

失望のあまり、今度はボーッとした。この上は、化物屋敷と広い土地とを手離すより外に途がない。松永が来たらば、適当のときに、それを相談しようと思った。彼はもう間もなく訪れて来るに違いない。あたしはまた鏡に向って、髪かたちを整えた。

だが、調子の悪いときには、悪いことが無制限に続くものである。というのは、松永はいつまで待っても訪ねてこなかった。もう三十分、もう一時間と待っているうちに、とうとう何時の間にやら、十二時の時計が鳴りひびいた。そして日附が一つ新しくなった。

（やっぱり、そうだ！――松永はあたしのところから、永遠に遁《に》げてしまったのだ！）

彼のために、思い切ってやった仕事が、あの子供っぽい青年の胸に、恐怖を植えつけたのに違いない。人殺しの押かけ女房の許から逃げだしたのだ。もう会えないかも知れない、あの可愛い男に……。

悶えに満ちた夜は、やがて明け放たれた。憎らしいほどの上天気だった。だが、内に閉じ籠っているあたしの気持は、腹立たしくなるばかりだった。幾回となく発作が起って、あたしは獣のように叫びながら、灰色に汚れた壁に、われとわが身体をうちつけた。あまりの孤独、消しきれない罪悪、迫りくる恐怖戦慄、――その苦悶のために気が変になりそうだ、恐ろしかった。あの重い鉄蓋が持ち上がるものだったら、あたしは殺した夫の跡を追って、井戸の中に飛びこんだかも知れない。

喚き、悶え、暴れているうちに、とうとう身体の方が疲れ切って、あたしはベッドの上に身を投げだした。睡ったことは睡ったが、恐ろしい夢を、幾度となく次から次へと見た。

――不図《ふと》、その白昼夢《はくちゅうむ》から、パッタリ目醒めた。オヤオヤ睡ったようだと、気がついたとき、庭の方の硝子窓《ガラスまど》が、コツコツと叩かれるので、其の方へ顔を向けた。

「ああ、――」あたしは、思わず大声をあげると、その場に飛んで起きた。なぜなら、庭に向いた窓の向うから、しきりに此方《こっち》を覗きこんでいる者があった。その円い顔――紛れもなく、逃げたとばかり思っていた松永の笑顔だった。

「マーさん、お這入《はい》り――」

「どうして昨夜《ゆうべ》は来なかったのさア」

嬉しくもあったけれど、相当口惜しくもあったので、あたしはそのことを先《ま》ず訊《たず》ねた。

「昨夜は心配させたネ。でもどうしても来られなかったのだ、エライことが起ってネ」

「エライことッて、若い女のひとと飯事《ままごと》をすることなの」

「そッそんな呑気なことじゃないよ。僕は昨夜、警視庁に留められていたんだ。そして、いまから三十分ほど前に、釈放になったばかりだよ」

「ああ、警視庁なの！」

あたしはハッと思った。そんなに早く露見したのかなア。

「そうだ、災難に類する事件なんだがネ」と彼は急に興奮の色を浮べて云った。「実はうちの銀行の金庫室から、真夜中に沢山の現金を奪って逃げた奴があるんだ。そいつが判らない。その部屋にいる青山金之進《あおやまきんのしん》という番人が殺されちまった。――そして不思議なことに、その部屋に入るべきあらゆる入口が、完全に閉じられているのだ。穴といえば、その室《へや》にある送風機の入口と、壁の欄間《らんま》にある空気窓だけだ。空気窓の方は、嵌《は》めこんだ鉄の棒がなかなかとれないから大丈夫。もう一つの送風機の穴は、蓋があって、これが外せないことはないが、なにしろ二十センチそこその円形《まるがた》で、外は同じ位の大きさの鉄管で続いている。二十センチほどの直径のことだから、どんなに油汗を流してみても、身体が通りゃしない。それだのに犯人の入った証拠は、歴然としているのだ。こんな奇妙なことがあるだろうか」

「現金は沢山盗まれたの？」

「うん、三万円ばかりさ。——こんな可笑《おか》しなことはないというので、記事は禁止で、われわれ行員が全部疑われていたんだ。僕もお蔭で禁足《きんそく》を喰《くら》ったばかりか、とうとう一泊させられてしまった。ひどい目に遭ったよ」

松永は、ポケットの中から、一本の煙草を出して、うまそうに吸った。

「変な事件ネ」

「全く変だ。探偵でなくとも、あの現場の光景は考えさせられるよ。入口のない部屋で、白昼のうちに巨額の金が盗まれたり、人が殺されたりしている」

「その番人は、どんな風に殺されているんでしょ」

「胸から腹へかけて、長く続いた細いメスの跡がある、それが変な風に灼《や》けている。一見古疵《ふるきず》のようだが、古疵ではない」

「まア、――どうしたんでしょうネ」

「ところが解剖の結果、もっとエライことが判ったんだよ。駭くべきことは、その奇妙な古疵よりも、むしろその疵の下にあった。というわけは、腹を裂いてみると、駭くじゃあないか、あの番人の肺臓もなければ、心臓も胃袋も腸も無い。臓器という臓器が、すっかり紛失していたのだ。そんな意外なことが又とあるだろうか」

「まア、――」とあたしは云ったものの、変な感じがした。あたしはそこで当然思い出すべきものを思い出して、ゾッとしたのだ。

「しかし、その奇妙な臓器紛失が、検束《けんそく》されていた僕たち社員を救ってくれることになった、僕たちが手を下したものでないことが、その奇妙な犯罪から、逆に証明されたのだ」

「というと……」

「つまり、人間の這入るべき入口の無い金庫室に忍びこんだ奴が、三万円を奪った揚句、番人の臓器まで盗んで行ったに違いないということになったのさ。無論、どっちを先にやったのかは知らないが……」

「思い切った結論じゃないの。そんなこと、有り得るかしら」

「なんとかいう名探偵が、その結論を出したのだ。捜査課の連中も、それを取った。尤《もっと》も結論が出たって、事件は急には解けまいと思うけれどネ。ああ併《しか》し、恐ろしいことをやる人間が有るものだ」

「もう止しましょう、そんな話は……。あんたがあたしのところへ帰って来てくれれば、外に云うことはないわ。……縁起直しに、いま古い葡萄酒でも持ってくるわ」

あたしたちは、それから口あたりのいい洋酒の盃を重ねていった。お酒の力が、一切の暗い気持を追払ってくれた。全く有難いと思った。――そしてまだ宵のうちだったけれど、あたしたちはカーテンを下ろして、寝ることにした。

その夜は、すっかり熟睡した。松永が帰って来た安心と、連日の疲労とが、お酒の力で和《やわ》らかに溶け合い、あたしを泥のように熟睡させたのだった。……

――翌朝、気のついたときは、もうすっかり明け放たれていた。よく睡ったものだ。あたしは全身的に、元気を恢復した。

「オヤ、――」

隣に並んで寝ていたと思った松永の姿が、ベッドの上にも、それから室内にも見えない。庭でも散歩しているのじゃないかと思って、暫く待っていたけれど、一向彼の跫音はしなかった。

「もう出掛けたのかしら……」今日は休むといっていたのに、と思いながら卓子《テーブル》の上を見ると、そこに見慣れない四角い封筒が載っているのを発見した。あたしはハッと胸を衝《つ》かれたように感じた。

しかし手をのばして、その置き手紙を開くまでは、それほどまで大きい驚愕が隠されているとは気がつかなかった。ああ、あの置き手紙！ それは松永の筆蹟に違いなかったけれど、その走り書きのペンの跡は地震計の針のように震え、やっと次のような文面を判読することが出来たほどだった。

「愛する魚子よ、――

僕は神に見捨てられてしまった。かけがえのない大きな幸福を、棒に振ってしまわなければならなくなった。魚子よ、僕はもう再び君の前に、姿を現わすことが出来なくなった。ああ、その訳は……？

魚子よ、君は用心しなければいけない。あの銀行の金庫を襲った不思議の犯人は、世にも恐ろしい奴だ。彼奴《あいつ》の真《まこと》の目標は、ひょっとすると、此の僕にあったのではないかと考える。僕は……僕は今や真実を書き残して、愛する君に伝える。――僕は夜のうちに、あの隆々たる鼻と、キリリと引締っていた唇と（自分のものを褒めることを嗤《わら》わないで呉れ、これが本当に褒め納めなのだから）――僕はその鼻と唇とを失ってしまった。夜中に不図眼が醒めて、なんとなく変な気持なので、起き出したところ、僕は君の化粧台の鏡の中に、世にも醜い男の姿を発見したのだ！　これ以上は、書くことを許して呉れ。

そして最後に一言祈る。君の身体の上に、僕の遭ったような危害の加えざらんことを。

松永哲夫《まつながてつお》」

この手紙を読み終って、あたしは悲歎《ひたん》に暮れた。なんという非道いことをする悪漢だろう。銀行の金を盗み、番人を殺した上に、松永の美しい顔面を惨《むご》たらしく破壊して逃げるとは！

一体、そんなことをする悪漢は、何奴《なにやつ》だろうか。手紙の中には、犯人は松永を目標とする者だと思うと、書いてあった。松永は何をしたというのだ？

「ああ、やっぱりあれだろうか？　そうかも知れない。……イヤイヤ、そんなことは無い。夫はもう、死んでいるのだ。そんなことが出来よう筈がない」

そのときあたしは、不図《ふと》床の上に、異様な物体を発見した。ベッドから滑り下りて、その傍へよって、よくよく見た。それは茶褐色の灰の固まりだった。灰の固まり――それは確かに見覚えのあるものだった。夫がいつも愛用した独逸《ドイツ》製の半練り煙草の吸い殻に違いなかった。

そんな吸い殻が、昨日も一昨日も掃除をしたこの部屋に、残っているというのが可笑しかった。誰か、昨夜のうちに、ここへ入って来て、煙草を吸い、その吸い殻を床の上に落としていったと考えるより外に途がなかった。そして松永が、そんな種類の煙草を吸わぬことは、きわめて明《あきら》かなことだった。

「すると、若《も》しや死んだ筈の夫が……」

あたしは急に目の前が暗くなったのを感じた。ああ、そんな恐ろしいことがあるだろうか。井戸の中へ突き墜とし、大きな石塊《せっかい》を頭の上へ落としてやったのに……。

そのとき、入口の扉についている真鍮《しんちゅう》製のハンドルが、独りでクルクルと廻りだした。ガチャリと鍵の音がした。

（誰だろう？）もうあたしは、立っているに堪えられなかった。――扉は、静かに開く。だんだん開いて、やがて其の向うから、人の姿が現れた。それは紛れもなく夫の姿だった。たしかに此の手で殺した筈の、あの夫の姿だった。幽霊だろうか、それとも本物だろうか。

あたしの喉から、自然に叫び声が飛び出した。――夫の姿は、無言の儘《まま》、静かにこっちへ進んでくる。よく見ると、右手には愛蔵の古ぼけたパイプを持ち、左手には手術器械の入った大きな鞄をぶら下げて……。あたしは、極度の恐怖に襲われた。ああ彼は、一体何をしようというのだろう？

夫は卓子の上へドサリと鞄を置いた。ピーンと錠《じょう》をあけると、鞄が崩れて、ピカピカする手術器械が現れた。

「なッなにをするのです？」

「……」

夫はよく光る大きなメスを取り上げた。そしてジリジリと、あたしの身体に迫ってくるのだった。メスの尖端《せんたん》が、鼻の先に伸びてきた。

「アレーッ。誰か来て下さアい！」

「イッヒッヒッヒッ」

と、夫は始めて声を出した。気持がよくてたまらないという笑いだった。

「呀《あ》ッ。——」

白いものが、夫の手から飛んで来て、あたしの鼻孔を塞いだ。——きつい香《かおり》だ。と、その儘、あたしは気が遠くなった。

その次、気がついてみると、あたしはベッドのある居間とは違って、真暗な場所に、なんだか蓆《むしろ》のような上に寝かされていた。背中が痛い。裸に引き剥かれているらしい。起きあがろうと思って、身体を動かしかけて、身体の変な調子にハッとした。

「あッ、腕が利かない！」

どうしたのかと思ってよく見ると、これは利かないのも道理、あたしの左右の腕は、肩の下からブッツリ切断されていた。腕なし女！

「ふッふッふッふッ」片隅から、厭な忍び笑いが聞えてきた。

「どうだ、身体の具合は？」

あッ、夫の声だ。ああ、それで解った。さっき気が遠くなってから、この両腕が夫の手で切断されてしまったのだ。憎んでも憎み足りない其の復讐心！

「起きたらしいが、一つ立たせてやろうか」夫はそういうなり、あたしの腋《わき》の下に、冷い両手を入れた。持ち上げられたが、腰から下がイヤに軽い。フワリと立つことが出来たが、それは胴だけの高さだった。大腿部《だいたいぶ》から下が切断されている！

「な、なんという惨《むごた》らしいことをする悪魔！　どこもかも、切っちまって……」

「切っちまっても、痛味は感じないようにしてあげてあるよ」

「痛みが無くても、腕も脚も切ってしまったのネ。ひどいひと！　悪魔！　畜生！」

「切ったところもあるが、殖《ふ》えているところもあるぜ。ひッひッひッ」

殖えたところ？　夫の不思議な言葉に、あたしはまた身慄《みぶる》いをした。あたしをどうするつもりだろう。

「いま見せてやる。ホラ、この鏡で、お前の顔をよく見ろ！」

パッと懐中電灯が、顔の正面から、照りつけた。そしてその前に差し出された鏡の中。

――あたしは、その中に、見るべからざるものを見てしまった。

「イヤ、イヤ、イヤ、よして下さい。鏡を向うへやって……」

「ふッふッふッ。気に入ったと見えるネ。顔の真中に殖えたもう一つの鼻は、そりゃあの男のだよ。それから、鎧戸のようになった二重の唇は、それもあの男のだよ。みんなお前の好きなものばかりだ。お礼を云ってもらいたいものだナ、ひッひッひッ」

「どうして殺さないんです。殺された方がましだ。……サア殺して！」

「待て待て。そうムザムザ殺すわけにはゆかないよ。さア、もっと横に寝ているのだ。いま流動食を飲ませてやるぞ。これからは、三度三度、おれが手をとって食事をさせてやる」

「誰が飲むもんですか」

「飲まなきゃ、滋養浣腸《じようかんちょう》をしよう。注射でもいいが」

「ひと思いに殺して下さい」

「どうして、どうして。おれはこれから、お前を教育しなければならないのだ。さア、横になったところで、一つの楽しみを教えてやろう。そこに一つの穴が明いている。それから下を覗いてみるがいい」

覗き穴――と聞いて、あたしは頭で、それを急いで探した。ああ、有った、有った。腕時計ほどの穴だ。身体を芋虫のようにくねらせて、その穴に眼をつけた。下には卓子などが見える。夫の研究室なのだ。

「なにか見えるかい」

云われてあたしは小さい穴を、いろいろな角度から覗いてみた。

あった、あった。夫の見ろというものが。椅子の一つに縛りつけられている化物のような顔を持った男の姿！　着ているものを一見して、それと判る人の姿――ああ、なんと変わり果てた松永青年！　あたしの胸にはムラムラと反抗心が湧きあがった。

「あたしは、あなたの計画を遂げさせません。もうこの穴から、下を覗きませんよ。下を見ないでいれば、あなたの計画は半分以上、効果を失ってしまいます」

「はッはッはッ、莫迦な女よ」と、夫は、暗がりの中で笑った。「おれの計画しているものはそんなことじゃない。見ようと見まいと、そのうちにハッキリ、お前はそれを感じることだろう！」

「では、あたしに何を感じさせようというのです」

「それは、妻というものの道だ、妻というものの運命だ！　よく考えて置けッ」

夫はそういうと、コトンコトンと跫音をさせながら、この天井裏を出ていった。

それから天井裏の、奇妙な生活が始まった。あたしは、メリケン粉袋のような身体を同じところに横《よこた》えたまま、ただ夫がするのを待つより外なかった。三度三度の食事は、約束どおり夫が持って来て、口の中に入れてくれた。あたしは、両手のないのを幸福と思うようになった。手がないばかりに、鼻が二つあり、おまけに唇が四枚もある醜怪な自分の顔を触らずに済んだ。

用を達すのにも困ると思ったが、それは医学にたけた夫が極めて始末のよいものを考えて呉れたようだった。その代り、或る日、注射針を咽喉のあたりに刺し透《とお》されたと思ったら、それっきり大きな声が出なくなった。前とは似ても似つかぬ皺《しわ》がれた声が、ほんの申し訳に、喉の奥から出るというに過ぎなかった。なにをされても、俘囚《ふしゅう》の身には反抗すべき手段がなかった。

鼻と唇とを殺《そ》がれた松永は、それから後どうなったか、気のついたときには、例の天井の穴からは見えなくなった。見えるのは、相変らず気味の悪い屍体や、バラバラの手足や、壜漬けになった臓器の中に埋《うず》もれて、なにかしらせっせとメスを動かしている夫の仕事振りだった。その仕事振りを、毎日朝から夜まで、あたしは天井裏から、眺めて暮した。

「なんて、熱心な研究家だろう！」

不図、そんなことを思ってみて、後で慌てて取り消した。そろそろ夫の術中に入りかけたと気が付いたからである。「妻の道、妻の運命」――と夫は云ったが、なにをあたしに知らしめようというのだろう。

しかし遂に、そのことがハッキリあたしに判る日がやって来た。

それから十日も経った或る日、もう暁の微光が、窓からさしこんで来ようという夜明け頃だった。警官を交えた一隊の検察係員が、風の如く、真下の部屋に忍びこんで来た。あたしは、刑事たちが、盛んに家探《やさが》しをしているのを認めた。解剖室からすこし離れたところに、麻雀卓《マージャンたく》をすこし高くしたようなものがあって、その上に寒餅《かんもち》を漬けるのに良さそうな壺が載せてあった。

「こんなものがある！」

「なんだろう。……オッ、明かないぞ」

捜査隊員はその壺を見つけて、グルリと取巻いた。床の上に下ろして、開けようとするが、見掛けによらず、蓋がきつく閉まっていて、なかなか開かない。

「そんな壺なんか、後廻しにし給え」と部長らしいのが云った。刑事たちは、その言葉を聞いて、また四方に散った。壺は床の上に抛り出されたままだった。

「どうも見つからん。これア犯人は逃げたのですぜ」

彼等はたしかにあたしたち夫婦を探しているものらしい。あたしは何とかして、此処にいることを知らせたかったが、重い鎖につながれた俘囚は天井裏の鼠ほどの音も出すことが出来なかった。そのうちに一行は見る見るうちに室を出ていって、あとはヒッソリ閑《かん》として機会は逃げてしまったのだ。

それにしても、夫は何処に行ったのだろう。

「オヤ、なんだろう？」あたしはそのとき、下の部屋に、なにか物の蠢《うごめ》く気配を感じた。と、いきなりカタカタと、揺れだしたものがあった。

「あッ。壺だ！」

卓子の上から、床の上に下ろされた壺が、まるで中に生きものが入っているかのように、さも焦れったそうに揺れている。何か、入っているのだろうか。入っているとすると、猫か、小犬か、それとも椰子蟹《やしがに》でもあろうか。いよいよこの家は、化物屋敷になったと思い、カタカタ揺り動く壺を、楽しく眺め暮した。なにしろ、それは近頃にない珍らしい活動玩具《おもちゃ》だったから。その日も暮れて、また次の日になった。壺は少し勢いを減じたと思われたが、それでも昨日と同じ様に、ときどきカタカタと滑稽な身振《みぶり》で揺らいだ。

　夫はもう帰って来そうなものと思われるのに、どうしたものか、なかなか姿を見せなかった。あたしはお腹が空いて、たまらなくなった。もう自分の身体のことも気にならなくなった。ただ一杯のスープに、あたしの焦燥が集った。

　四日目、五日目。あたしはもう頭をあげる力もない。壺はもう全く動かない。そうして遂に七日目が来た。時間のことは判らないが、不図下の部屋がカタカタする音に気がついて例の覗き穴から見下ろすと、この前に来たように一隊の警官隊が集っていた。その中でこの前に見かけなかったような一人のキビキビした背広の男が一同の前になにか云っていた。

「……博士は、絶対に、この部屋から出ていません。私はこの前に一緒に来ればよかったと思います。多分もう手遅れになったような気がします。あの××銀行の、入口の厳重に閉った金庫室へ忍びこんだのもたしかに博士だったのです。そういうと変に思われるでしょうが、実は博士は僅か十五センチの直径の送風パイプの中から、あの部屋に侵入したのです」

「それア理窟に合わないよ、帆村《ほむら》君」と部長らしいのが横合から叫んだ。「あの大きな博士の身体が、あんな細いパイプの中に入るなどと考えるのは、滑稽すぎて言葉がない」

「ではいまその滑稽をお取消し願うために、博士の身体を皆さんの前にお目にかけましょう」

「ナニ博士の在所《ありか》が判っているのか。一体どこに居るのだ」

「この中ですよ」

帆村は腰を曲げて、足許の壺を指《ゆびさ》した。警官たちは、あまりの馬鹿馬鹿しさに、ドッと声をあげて笑った。

帆村は別に怒りもせず、壺に手をかけて、逆にしたり、蓋をいじったりしていたが、やがて、恭々《うやうや》しく壺に一礼をすると、手にしていた大きいハンマーで、ポカリと壺の胴中《どうなか》を叩き割った。中からは黄色い枕のようなものがゴロリと転《ころが》り出た。

「これが我が国外科の最高権威、室戸博士の餓死屍体《がししたい》です！」

あまりのことに、人々は思わず顔を背けた。なんという人体だ。顔は一方から殺いだようになり、肩には僅かに骨の一部が隆起し、胸は左半分だけ、腹は臍《へそ》の上あたりで切れている。手も足も全く見えない。人形の壊れたのにも、こんなにまで無惨な姿をしたものは無いだろう。

「みなさん。これは博士の論文にある人間の最小整理形体《さいしょうせいりけいたい》です。つまり二つある肺は一つにし、胃袋は取り去って腸に接ぐという風に、極度の肉体整理を行ったものです。こうすれば、頭脳は普通の人間の二十倍もの働きをすることになるそうで、博士はその研究を自らの肉体に試みられたのです」

人々は唖然《あぜん》として、帆村の話に聞き入った。

「この壺は博士のベッドだったんです。その整理形体に最も適したベッドだったんです。ところで、こんな身体で、どうして博士は往来を闊歩されたか。いまその手足をごらんに入れましょう」

帆村は立って、壺の載っていた卓子の上に行った。そして台の中央部をしきりに探していたが、やがて指をもって上からグッと押した。するとギーッという物音がすると思うと、卓子の中からニョキリと二本の腕と二本の脚が飛び出した。それは空間に、博士の両腕と両脚とを形づくってみせた。

「ごらんなさい。あの壺の蓋が明いて、博士の身体がバネ仕掛けで、この辺の高さまで飛び出して来たとすると、電磁石の働きで、この人造手足がピタリと嵌《はま》るのです。しかしこの動作は、博士が壺の底に明いている穴から、卓子の上の隠し釦《ボタン》を押さねばなりません。押さなければ、この壺の蓋も明きません。博士が餓死をされたのは、睡っているうちにこの壺が卓子の上から下ろされた結果です」

一座は苦しそうに揺《ゆら》いだ。

「しかし博士は、何かの原因で精神が錯乱せられた。そしてあの兇行《きょうこう》を演じたのです。小さいパイプの中を抜けることは、その手足を一時バラバラに外し、一旦向う側へ抜けた上、また元のように組立てれば、苦もなく出来ることです。それを考えないと、あの金庫の部屋に忍びこんだことが信ぜられない。これで私の説が滑稽でないことがお判りでしょう」

やがて帆村は一同を促して退場をすすめた。

「あの夫人はどうしたろう？」

と部長が、あたしのことを思い出した。

「魚子夫人はアルプスの山中に締め殺してあると博士の日記に出ています。さあ、これからアルプスへ急ぐのです」

人々はゾロゾロと室を出ていった。

「待って！」

あたしは力一杯に叫んだ。しかしその声は彼等の耳に達しなかった。ああ、馬鹿、馬鹿！帆村探偵のお馬鹿さん！　ここにあたしが繋がれているのが判らないのかい。夫は、あの井戸の蓋の穴から逃げ出したのだ。呪いの大石塊《だいせっかい》は、彼に命中しなかったのだ。ああ今は、あたしには餓死だけが待っている。お馬鹿さんが引返して来る頃には、あたしはもう此の世のものじゃ無い。夫が死ねば、妻もまた自然に死ぬ！　夫の放言が今死に臨んで、始めて合点がいった。夫はいつか、こんなことの起るのを予期していたのか知れない。あたしもここで、潔《いさぎよ》く死を祝福しましょう！

鏡地獄

江戸川乱歩

「珍らしい話とおっしゃるのですか、それではこんな話はどうでしょう」

　ある時、五、六人の者が、怖い話や、珍奇な話を、次々と語り合っていた時、友だちのKは最後にこんなふうにはじめた。ほんとうにあったことか、Kの作り話なのか、その後、尋ねてみたこともないので、私にはわからぬけれど、いろいろ不思議な物語を聞かされたあとだったのと、ちょうどその日の天候が春の終りに近い頃の、いやにドンヨリと曇った日で、空気が、まるで深い水の底のように重おもしく淀《よど》んで、話すものも、聞くものも、なんとなく気ちがいめいた気分になっていたからでもあったのか、その話は、異様に私の

心をうったのである。話というのは、

私に一人の不幸な友だちがあるのです。名前は仮りに彼と申して置きましょうか。その彼にはいつの頃からか世にも不思議な病気が取りついたのです。ひょっとしたら、先祖に何かそんな病気の人があって、それが遺伝したのかもしれませんね。というのは、まんざら根のない話でもないので、いったい彼のうちには、おじいさんか、曾《ひい》じいさんかが、切支丹《キリシタン》の邪宗に帰依《きえ》していたことがあって、古めかしい横文字の書物や、マリヤさまの像や、基督《キリスト》さまのはりつけの絵などが、葛籠《つづら》の底に一杯しまってあるのですが、そんなものと一緒に、伊賀越道中双六《いがごえどうちゅうすごろく》に出てくるような、一世紀も前の望遠鏡だとか、妙なかっこうの磁石だとか、当時ギヤマンとかビイドロとかいったのでしょうが、美しいガラスの器物だとかが、同じ葛籠《つづら》にしまいこんであって、彼はまだ小さい時分から、よくそれを出してもらっては遊んでいたものです。

考えてみますと、彼はそんな時分から、物の姿の映る物、たとえばガラスとか、レンズとか、鏡とかいうものに、不思議な嗜好《しこう》を持っていたようです。それが証拠には、彼のおもちゃといえば、幻灯器械だとか、遠目がねだとか、虫目がねだとか、そのほかそれに類した、将門《まさかど》目がね、万華鏡、眼に当てると人物や道具などが、細長くなったり、平たくなったりする、プリズムのおもちゃだとか、そんなものばかりでした。

　それから、やっぱり彼の少年時代なのですが、こんなことがあったのも覚えております。ある日彼の勉強部屋をおとずれますと、机の上に古い桐《きり》の箱が出ていて、多分その中にはいっていたのでしょう、彼は手に昔物の金属の鏡を持って、それを日光に当てて、暗い壁に影を映しているのでした。

「どうだ、面白いだろう。あれを見たまえ、こんな平らな鏡が、あすこへ映ると、妙な字ができるだろう」

　彼にそう言われて、壁を見ますと、驚いたことには、白い丸形の中に、多少形がくずれてはいましたけれど「寿」という文字が、白金のような強い光で現われているのです。

「不思議だね、一体どうしたんだろう」

　なんだか神業《かみわざ》とでもいうような気がして、子供の私には、珍らしくもあり、怖くもあったのです。思わずそんなふうに聞き返しました。

「わかるまい。種明かしをしようか。種明かしをしてしまえば、なんでもないことなんだよ。ホラ、ここを見たまえ、この鏡の裏を、ね、寿という字が浮彫りになっているだろう。これが表へすき通るのだよ」

　なるほど見れば彼の言う通り、青銅のような色をした鏡の裏には、立派な浮彫りがあるのです。でも、それが、どうして表面まですき通って、あのような影を作るのでしょう。鏡の表は、どの方角からすかして見ても、滑らかな平面で、顔がでこぼこに写るわけでもないのに、それの反射だけが不思議な影を作るのです。まるで魔法みたいな気がするのです。

「これはね、魔法でもなんでもないのだよ」

彼は私のいぶかしげな顔を見て、説明をはじめるのでした。

「おとうさんに聞いたんだがね、金属の鏡というやつは、ガラスと違って、ときどきみがきをかけないと、曇りがきて見えなくなるんだ。この鏡なんか、ずいぶん古くから僕の家に伝わっている品で、何度となく磨きをかけている。でね、その磨きをかけるたびに、裏の浮彫りの所と、そうでない薄い所とでは、金の減り方が眼に見えぬほどずつ違ってくるのだよ。厚い部分は手ごたえが多く、薄い部分はこれが少ないわけだからね。その眼にも見えぬ減り方の違いが、恐ろしいもので、反射させると、あんなに現われるのだそうだ。わかったかい」

その説明を聞きますと、一応は理由がわかったものの、今度は、顔を映してもでこぼこに見えない滑らかな表面が、反射させると明きらかに凹凸《おうとつ》が現われるという、このえたいの知れぬ事実が、たとえば顕微鏡で何かを覗いた時に味わう、微細なるものの無気味さ、あれに似た感じで、私をゾッとさせるのでした。

この鏡のことは、あまり不思議だったので、特別によく覚えているのですが、これはただ一例にすぎないので、彼の少年時代の遊戯というものは、ほとんどそのような事柄ばかりで充《み》たされていたわけです。妙なもので、私までが彼の感化を受けて、今でも、レンズというようなものに、人一倍の好奇心を持っているのですよ。

でも少年時代はまだ、さほどでもなかったのですが、それが中学の上級生に進んで、物理学を教わるようになりますと、御承知の通り物理学にはレンズや鏡の理論がありますね、彼はもうあれに夢中になってしまって、その時分から、病気と言ってもいいほどの、いわばレンズ狂に変わってきたのです。それにつけて思い出すのは、教室で凹面鏡のことを教わる時間でしたが、小さな凹面鏡の見本を、生徒のあいだに廻《まわ》して、次々に皆の者が、自分の顔を映して見ていたのです。私はその時分ひどいニキビづらで、それがなんだか性欲的な事柄に関係しているような気がして、恥かしくてしようがなかったのですが、なにげなく凹面鏡を覗いて見ますと、思わずアッと声を立てるほど驚いたことには、私の顔のひとつひとつのニキビが、まるで望遠鏡で見た月の表面のように、恐ろしい大きさに拡大されて映っていたのです。

小山とも見えるニキビの先端が、石榴《ざくろ》のようにはぜて、そこからドス黒い血のりが、芝居の殺し場の絵看板の感じで物凄くにじみ出しているのです。ニキビというひけ目があったせいでもありましょうが、凹面鏡に映った私の顔がどんなに恐ろしく、無気味なものであったか、それからのちというものは、凹面鏡を見ると、それがまた、博覧会だとか、盛り場の見世物などには、よく並んでいるのですが、私はもう、おぞけを振るって、逃げ出すようになったほどです。

ですが、彼の方では、その時やっぱり凹面鏡を覗いて、これはまた私とあべこべで、恐ろしく思うよりは、非常な魅力を感じたものとみえ、教室全体に響き渡るような声で、「ホウ」と感嘆の叫びを上げたものなんです。それがあまり頓狂《とんきょう》に聞こえたものですから、その時は大笑いになりましたが、さてそれからというものは、彼はもう凹面鏡で夢中なんです。大小さまざまの凹面鏡を買いこんで、針金だとかボール紙などを使い、複雑なからくり仕掛けをこしらえては、独りほくそ笑んでいる始末でした。さすが好きな道だけあって、彼は人の思いもつかぬような、変てこな装置を考案する才能を持っていて、もっとも手品の本などをわざわざ外国から取り寄せたりしたのですけれど、今でも不思議に堪えないのは、これも或《あ》るとき彼の部屋をおとずれて、驚かされたのですが、魔法の紙幣というからくり仕掛けでありました。

それは、二尺四方ほどの、四角なボール箱で、前の方に建物の入口のような穴があいていて、そこのところに一円札が五、六枚、ちょうど状差しの中のハガキのように、差してあるのです。

「このおさつを取ってごらん」

その箱を私の前に持ち出して、彼は何食わぬ顔で紙幣を取れというのです。そこで、私はいわれるままに手を出して、ヒョイとその紙幣を取ろうとしたのですが、なんとまあ不思議なことには、ありありと眼に見えているその紙幣が、手を持って行ってみますと、煙のように手ごたえがないではありませんか。あんな驚いたことはありませんね。

「オヤ」

とたまげている私の顔を見て、彼はさも面白そうに笑いながら、さて説明してくれたところによりますと、それは英国でしたかの物理学者が考案した一種の手品で、種はやっぱり凹面鏡なのです。詳しい理窟《りくつ》はよく覚えていませんけれど、本ものの紙幣は箱の下へ横に置いて、その上に斜めに凹面鏡を装置し、電灯を箱の内部に引き込み、光線が紙幣に当たるようにすると、凹面鏡の焦点からどれだけの距離にある物体は、どういう角度で、どの辺にその像を結ぶという理論によって、うまく箱の穴へ紙幣が現われるのだそうです。普通の鏡ですと、決して本ものがそこにあるようには見えませんけれど、凹面鏡では不思議にもそんな実像を結ぶというのですね。ほんとうにもう、ありありとそこにあるのですからね。

かようにして、彼のレンズや鏡に対する異常なる嗜好は、だんだん嵩《こう》じて行くばかりでしたが、やがて中学を卒業しますと、彼は上の学校にはいろうともしないで、ひとつは親たちも甘過ぎたのですね、息子の言うことならば、たいていは無理を通してくれるものですから、学校を出ると、もうひとかどおとなになった気で、庭の空き地にちょっとした実験室を新築して、その中で、例の不思議な道楽をはじめたものです。

これまでは、学校というものがあって、いくらか時間を束縛されていたので、それほどでもなかったのが、さて、そうして朝から晩まで実験室にとじこもることになりますと、彼の病勢は俄《にわ》かに恐るべき加速度をもって昂進《こうしん》しはじめました。元来友だちの少なかった彼ですが、卒業以来というものは、彼の世界は、狭い実験室の中に限られてしまって、どこへ遊びに出るというでもなくしたがって来訪者もだんだん減って行き、僅《わず》かに彼の部屋をおとずれるのは、彼の家の人を除くと、私ただ一人になってしまったのでした。

それもごく時たまのことですが、私は彼を訪問するごとに、彼の病気がだんだん募って行って、今ではむしろ狂気に近い状態になっているのを目撃して、ひそかに戦慄《せんりつ》を禁じ得ないのでした。彼のこの病癖にもってきて、更《さ》らにいけなかったことは、ある年の流行感冒のために、不幸にも彼の両親が、揃ってなくなってしまったものですから、彼は今は誰に遠慮の必要もなく、その上莫大な財産を受けついで、思うがままに、彼の妙な実験を行なうことができるようになったのと、それに今ひとつは、彼も二十歳を越して、女というものに興味をいだきはじめ、そんな変てこな嗜好を持つほどの彼ですから、情欲の方もひどく変態的で、それが持ち前のレンズ狂と結びついて、双方がいっそう勢いを増す形になってきたことでした。そしてお話というのは、その結果、ついに恐ろしい破局を招くことになった或る出来事なのですが、それを申し上げる前に、彼の病勢が、どのようにひどくなっていたかということを、二つ三つ、実例によってお話ししておきたいと思うのです。

彼の家は山の手の或る高台にあって、今いう実験室は、そこの広々とした庭園の片隅の、街々の甍《いらか》を眼下に見下す位置に建てられたのですが、そこで彼が最初はじめたのは、実験室の屋根を天文台のような形にこしらえて、そこに可なりの天体観測鏡を据《す》えつけ、星の世界に耽溺《たんでき》することでした。その時分には、彼は独学で、一と通り天文学の知識を備えていたわけなのです。が、そのようなありふれた道楽で満足する彼ではありません。その一方では、度の強い望遠鏡を窓際に置いて、それをさまざまの角度にしては、目の下に見える人家の、あけはなった室内を盗み見るという、罪の深い、秘密な楽しみを味わっているのでありました。

それがたとえ板塀《いたべい》の中であったり、他の家の裏側に向かい合っていたりして、当人たちはどこからも見えぬつもりで、まさかそんな遠くの山の上から望遠鏡で覗かれていようとは気づくはずもなく、あらゆる秘密な行ないを、したい三昧《ざんまい》にふるまっている、それが彼には、まるで目の前の出来事のように、あからさまに眺められるのです。

「こればかりは、止《よ》せないよ」

彼はそう言い言いしては、その窓際の望遠鏡を覗くことを、こよなき楽しみにしていましたが、考えてみれば、ずいぶん面白いいたずらに違いありません。私も時には覗かしてもらうこともありましたけれど、偶然妙なものを、すぐ目の前に発見したりして、いっそ顔の赤らむようなこともないではありませんでした。

そのほか、たとえば、サブマリン・テレスコープといいますか、潜航艇の中から海上を眺める、あの装置をこしらえて、彼の部屋に居ながら、雇人たちの、殊《こと》に若い小間使いなどの私室を、少しも相手に悟られることなく覗いてみたり、そうかと思うと、虫目がねや、顕微鏡によって、微生物の生活を観察したり、それについて奇抜なのは、彼が蚤《のみ》の類を飼育していたことで、それを虫目がねや度の弱い顕微鏡の下で、這わせてみたり、自分の血を吸うところだとか、虫同士をひとつにして同性であれば喧嘩《けんか》をしたり、異性であれば仲良くしたりする有様を眺めたり、中にも気味のわるいのは、私は一度それを覗かされてからというものは、今までなんとも思っていなかったあの虫が、妙に恐ろしくなったほどなのですが、蚤を半殺しにしておいて、そのもがき苦しむ有様を、非常に大きく拡大して見ることでした。五十倍の顕微鏡でしたが、覗いた感じでは、一匹の蚤が眼界一杯にひろがって、口から、足の爪、からだにはえている小さな一本の毛までがハッキリとわかって、妙な比喩《ひゆ》ですが、まるで猪《いのしし》のように恐ろしい大きさに見えるのです。それがドス黒い血の海の中で（僅か一滴の血潮がそんなに見えるのです）背中半分をぺちゃんこにつぶされて、手足で空をつかんで、くちばしをできるだけ伸ばし、断末魔の物凄い形相をしています。何かその口から恐ろしい悲鳴が聞こえているようにすら感じられるのであります。

そうしたこまごましたことを一々申し上げていては際限がありませんから、たいていは省くことにしますが、実験室建築当初の、かような道楽は月日と共に深まって行って、ある時はまた、こんなこともあったのです。ある日のこと、彼を訪ねて、なにげなく実験室の扉をひらきますと、なぜかブラインドをおろして部屋の中が薄暗くなっていましたが、その正面の壁一杯に、そうですね一間四方もあったでしょうか、何かモヤモヤとうごめいているものがあるのです。気のせいかと思って、眼をこすってみるのですが、やっぱりなんだか動いている。私は戸口にたたずんだまま、息を呑んでその怪物を見つめたものです。するど、見ているに従って、霧みたいなものがだんだんハッキリしてきて、針を植えたような黒い草むら、その下にギョロギョロ光っている盥《たらい》ほどの眼、茶色がかった虹彩《こうさい》から、白目の中の血管の川までも、ちょうどソフトフォーカスの写真のように、ぼんやりしていながら、妙にハッキリと見えるのです。それから棕櫚《しゅろ》のような鼻毛の光る、ほら穴みたいな鼻の穴、そのままの大きさで座蒲団《ざぶとん》を二枚かさねたかと見える、いやにまっ赤な唇、そのあいだからギラギラと白い瓦《かわら》のような白歯が覗いている。つまり部屋一杯の人の顔、それが生きてうごめいているのです。映画なぞでないことは、その動きの静かなのと、生物そのままの色艶《いろつや》とで明瞭《めいりょう》です。無気味さよりも、恐ろしさよりも、私は自分が気でも違ったのではあるまいかと、思わず驚きの叫び声を上げたほどです。すると、

「驚いたかい、僕だよ、僕だよ」

と別の方角から彼の声がして、ハッと私を飛び上がらせたことには、その声の通りに、壁の怪物の唇と舌が動いて、盥のような眼が、ニヤリと笑ったのです。

「ハハハハハ……どうだいこの趣向は」

突然部屋が明かるくなって、一方の暗室から彼の姿が現われました。それと同時に壁の怪物が消え去ったのは申すまでもありません。皆さんは大かた想像なすったでしょうが、これはつまり実物幻灯……鏡とレンズと強烈な光の作用によって、実物そのままを幻灯に写す、子供のおもちゃにもありますね、あれを彼独得の工夫によって、異常に大きくする装置を作ったのです。そして、そこへ彼自身の顔を映したのです。聞いてみればなんでも

ないことですが、可なり驚かせるものですよ。まあ、こういったことが彼の趣味なんですね。

似たようなので、いっそう不思議に思われたのは、今度は別段部屋が薄暗いわけでもなく、彼の顔も見えていて、そこへ変てこな、ゴチャゴチャとした鏡を立て並べた器械を置きますと、彼の眼なら眼だけが、これもまた盥ほどの大きさで、ポッカリと、私の目の前の空間に浮き出す仕掛けなのです。突然そいつをやられた時には、悪夢でも見ているようで身がすくんで、殆《ほと》んど生きた空もありませんでした。ですが、種を割ってみれば、これがやっぱり、先ほどお話しした魔法の紙幣と同じことで、ただたくさん凹面鏡を使って、像を拡大したものにすぎないのでした。でも、理窟の上ではできるものとわかっていても、ずいぶん費用と時間のかかることでもあり、そんなにばかばかしいまねをやってみた人もありませんので、いわば彼の発明といってもよく、つづけざまにそのようなものを見せられると、なにかこう、彼が恐ろしい魔物のようにさえ思われてくるのでありました。

そんなことがあってから、二、三カ月もたった時分でしたが、彼は今度は何を思ったのか、実験室を小さく区ぎって、上下左右を鏡の一枚板で張りつめた、俗にいう鏡の部屋を作りました。ドアも何もすっかり鏡なのです。彼はその中へ一本のロウソクを持って、たった一人で長いあいだはいっているというのです。一体なんのためにそんなまねをするのか誰にもわかりません。が、その中で彼が見るであろう光景は大体想像することができます。六方を鏡で張りつめた部屋のまん中に立てば、そこには彼のからだのあらゆる部分が、鏡と鏡が反射し合うために、無限の像となって映るものに違いありません。彼の上下左右に、彼と同じ数限りもない人間が、ウジャウジャと殺到する感じに違いありません。考えただけでもゾッとします。私は子供の時分に八幡《やわた》の藪《やぶ》知らずの見世物で、型ばかりの代物《しろもの》ではありましたが、鏡の部屋を経験したことがあるのです。その不完全極まるものでさえ、私にはどのように恐ろしく感じられたことでしょう。それを知っているものですから、一度彼から鏡の部屋へはいれと勧められた時にも、私は固く拒んで、はいろうとはしませんでした。

そのうちに、鏡の部屋へはいるのは、彼一人だけではないことがわかってきました。その彼のほかの人間というのは、彼のお気に入りの小間使いでもあり、同時に彼の恋人でもあったところの、当時十八歳の美しい娘でした。彼は口癖のように、

「あの子のたったひとつの取柄《とりえ》は、からだじゅうに数限りもなく、非常に深い濃《こま》やかな陰影があることだ。色艶も悪くはないし、肌も濃《こま》やかだし、肉付きも海獣のように弾力に富んではいるが、そのどれにもまして、あの女の美しさは、陰影の深さにある」

といっていた。その娘と一緒に、彼《か》の鏡の国に遊ぶのです。しめきった実験室の中の、

それをまた区ぎった鏡の部屋の中ですから、外部からうかがうべくもありませんが、時としては一時間以上も、彼らはそこにとじこもっているという噂《うわさ》を聞きました。むろん彼が一人きりの場合もたびたびあるのですが、ある時などは、鏡の部屋へはいったまま、あまりにも長いあいだ物音ひとつしないので、召使いが心配のあまりドアを叩いたといいます。すると、いきなりドアがひらいて、すっぱだかの彼一人が出てきて、ひとことも物をいわないで、そのままプイと母屋《おもや》の方へ行ってしまったというような、妙な話もあるのでした。

その頃から、もともとあまりよくなかった彼の健康が、日一日とそこなわれて行くように見えました。が、肉体が衰えるのと反比例に、彼の異様な病癖はますます募るばかりでした。彼は莫大な費用を投じて、さまざまの形をした鏡を集めはじめました。平面、凸面《とつめん》、凹面《おうめん》、波形、筒型と、よくもあんなに変わった形のものが集まったものです。広い実験室の中は、毎日かつぎ込まれる変形鏡で埋まってしまうほどでした。ところが、そればかりではありません。驚いたことには、彼は広い庭の中央にガラス工場を建てはじめたのです。それは、彼独特の設計のもので、特殊の製品については、日本では類のないほど立派なものでありました。技師や職工なども、選びに選んで、そのためには、彼は残りの財産を全部投げ出しても惜しくない意気込みでした。

不幸にも、彼には意見を加えてくれるような親戚が一軒もなかったのです。召使いたちの中には、見るに見かねて意見めいたことを言う者もありましたが、そんなことがあれば、すぐさまお払い箱で、残っている者共は、ただもう法外に高い給金目当ての、さもしい連中ばかりでした。この場合、彼に取っては天にも地にも、たった一人の友人である私としては、なんとか彼をなだめて、この暴挙をとめなければならなかったのですが、むろん幾度となくそれは試みたのですが、いっかな狂気の彼の耳には入らず、それに事柄が別段悪事というのではなく、彼自身の財産を、彼が勝手に使うのであってみれば、ほかにどう分別のつけようもないのでした。私はただもう、ハラハラしながら、日に日に消え行く彼の財産と、彼の命とを、眺めているほかはないのでした。

そんなわけで、私はその頃から、かなり足繁《あししげ》く彼の家に出入りするようになりました。せめては彼の行動を、監視なりともしていようという心持だったのです。従って、彼の実験室の中で、目まぐるしく変化する彼の魔術を、見まいとしても見ないわけには行きませんでした。それは実に驚くべき怪奇と幻想の世界でありました。彼の病癖が頂上に達すると共に、彼の不思議な天才もまた、残るところなく発揮されたのでありましょう。走馬灯のように移り変わる、それがことごとくこの世のものではないところの、怪しくも美しい光景、私はその当時の見聞を、どのような言葉で形容すればよいのでしょう。

外部から買入れた鏡と、それで足らぬところや、ほかでは仕入れることのできない形のものは、彼自身の工場で製造した鏡によって補い、彼の夢想は次から次へと実現されて行くのでした。ある時は彼の首ばかりが、胴ばかりが、或いは足ばかりが、実験室の空中を漂っている光景です。それは言うまでもなく、巨大な平面鏡を室一杯に斜めに張りつめて、その一部に穴をあけ、そこから首や手足を出している、あの手品師の常套《じょうとう》手段にすぎないのですけれど、それを行なう本人が手品師ではなくて、病的なきまじめな私の友だちなのですから、異常の感にうたれないではいられません。ある時は部屋全体が、凹面鏡《おうめん》、凸面《とつめん》鏡、波型鏡、筒型鏡の洪水です。その中央で踊り狂う彼の姿は、或いは巨大に、或いは微小に、或いは細長く、或いは平べったく、或いは曲がりくねり、或いは胴ばかりが、或いは首の下に首がつながり、或いはひとつの顔に眼が四つでき、或いは唇が上下に無限に延び、或いは縮み、その影がまた互に反復し、交錯して、紛然雑然、まるで狂人の幻想です。

ある時は部屋全体が巨大なる万華鏡です。からくり仕掛けで、カタリカタリと廻る、数十尺の鏡の三角筒の中に、花屋の店をからにして集めてきた、千紫万紅《せんしばんこう》が、阿片《あへん》の夢のように、花弁一枚の大きさが畳一畳にも映ってそれが何千何万となく、五色の虹となり、極地のオーロラとなって、見る者の世界を覆いつくす。その中で、大入道の彼の裸体が月の表面のような、巨大な毛穴を見せて躍り狂うのです。

そのほか種々雑多の、それ以上であっても、決してそれ以下ではないところの、恐るべき魔術、それを見た刹那《せつな》、人間は気絶し、盲目となったであろうほどの、魔界の美、私にはそれをお伝えする力もありませんし、またたとえ今お話ししてみたところで、どうまあ信じていただけましょう。

そして、そんな狂乱状態がつづいたあとで、ついに悲しむべき破滅がやってきたのです。私の最も親しい友だちであった彼は、とうとう本ものの気ちがいになってしまったのです。これまでとても、彼の所業は決して正気の沙汰《さた》とは思われませんでした。しかし、そんな狂態を演じながらも、彼は一日の多くの時間を常人のごとく過ごしました。読書もすれば、痩せさらぼうた肉体を駆使して、ガラス工場の監督指揮にも当たり、私と会えば、昔ながらの彼の不可思議なる唯美《ゆいび》思想を語るのに、なんのさしさわりもないのでした。それが、あのような無慙《むざん》な終末をとげようとは、どうして予想することができましょう。おそらく、これは彼の身うちに巣食っていた悪魔の所業か、そうでなければ、あまりにも魔界の美に耽溺《たんでき》した彼に対する、神の怒りででもあったのでしょうか。

ある朝、私は彼の所からの使いのものに、あわただしく叩き起こされたのです。

「大へんです。奥様が、すぐにおいでくださいますようにとおっしゃいました」

「大へん？　どうしたのだ」

「私どもにはわかりませんのです。ともかく、大急ぎでいらしっていただけませんでしょうか」

使いの者と私とは、双方とも、もう青ざめてしまって、早口にそんな問答をくり返すと、私は取るものも取りあえず、彼の屋敷へと駈けつけました。場所はやっぱり実験室です。飛び込むように中へはいると、そこには、今では奥様と呼ばれている彼の愛人の小間使いをはじめ、数人の召使いたちが、あっけに取られた形で、立ちすくんだまま、ひとつの妙な物体を見つめているのでした。

その物体というのは、玉乗りの玉をもう一とまわり大きくしたようなもので、外部には一面に布が張りつめられ、それが広々と取り片づけられた実験室の中を、生あるもののように、右に左にころがり廻っているのです。そして、もっと気味わるいのは、多分その内部からでしょう、動物のとも人間のともつかぬ笑い声のような唸《うな》りが、シューシューと響いているのでした。

「一体どうしたというのです」

私はかの小間使いをとらえて、先《ま》ずこう尋ねるほかはありませんでした。

「さっぱりわかりませんの。なんだか中にいるのは旦那様《だんなさま》ではないかと思うのですけれど、こんな大きな玉がいつの間にできたのか、思いもかけぬことですし、それに手をつけようにも、気味がわるくて……さっきから何度も呼んでみたのですけれど、中から妙な笑い声しか戻ってこないのですもの」

その答えを聞くと、私はいきなり玉に近づいて、声の洩れてくる箇所を調べました。そして、ころがる玉の表面に、二つ三つの小さな空気抜きとも見える穴を見つけるのは、わけのないことでした。で、その穴のひとつに眼を当てて怖わごわ玉の内部を覗いて見たのですが、中には何か妙に眼をさすような光が、ギラギラしているばかりで、人のうごめくけはいと、無気味な、狂気めいた笑い声が聞こえてくるほかには、少しも、様子がわかりません。そこから二、三度彼の名を呼んでもみましたけれど、相手は人間なのか、それとも人間でないほかの者なのか、いっこうに手ごたえがないのです。

ところが、そうしてしばらくのあいだ、ころがる玉を眺めているうちに、ふとその表面の一カ所に、妙な四角の切りくわせができているのを発見しました。それがどうやら、玉の中へはいる扉らしく、押せばガタガタ音はするのですけれど、取手《とって》も何もないために、ひらくことができません。なおよく見れば、取手の跡らしく、金物の穴が残っています。これは、ひょっとしたら、人間が中へはいったあとで、どうかして取手が抜け落ちて、そとからも、中からも、扉がひらかぬようになったのではあるまいか。とすると、この男はひと晩じゅう玉の中にとじこめられていたことになるのでした。では、その辺に取手が落ちていまいかと、あたりを見廻しますと、もう私の予想通りに違いなかったことには、部屋の一方の隅に丸い金具が落ちていて、それを今の金物の穴にあててみれば、寸法はきっちりと合うのです。しかし困ったことには、柄《え》が折れてしまっていて、今さら穴に差し込んでみたところで、扉がひらくはずもないのでした。

でも、それにしてもおかしいのは、中にとじこめられた人が、助けを呼びもしないで、ただゲラゲラ笑っていることでした。

「もしや」

私はある事に気づいて、思わず青くなりました。もう何を考える余裕もありません。ただこの玉をぶちこわす一方です。そして、ともかくも中の人間を助け出すほかはないのです。

私はいきなり工場に駈けつけて、大ハンマーを拾うと、元の部屋に引き返し、玉を目がけて勢いこめてたたきつけました。と、驚いたことには、内部は厚いガラスでできていたと見え、ガチャンと、恐ろしい音と共に、おびただしい破片に、割れくずれてしまいました。

そして、その中から這《は》いだしてきたのは、まぎれもない私の友だちの彼だったのです。もしやと思っていたのが、やっぱりそうだったのです。それにしても、人間の相好《そうごう》が、僅《わず》か一日のあいだに、あのようにも変わるものでしょうか。きのうまでは、衰えてこそいましたけれど、どちらかといえば、神経質に引き締まった顔で、ちょっと見ると怖いほどでしたのが、今はまるで死人の相好のように、顔面のすべての筋がたるんでしまい、引っかき廻したように乱れた髪の毛、血走っていながら、異様に空《うつ》ろな眼、そして口をだらしなくひらいて、ゲラゲラと笑っている姿は、二た目と見られたものではないのです。それは、あのように彼の寵愛《ちょうあい》を受けていた、かの小間使いさえもが、恐れをなして、飛びのいたほどでありました。

いうまでもなく、彼は発狂していたのです。しかし、何が彼を発狂させたのでありましょう、玉の中にとじこめられたくらいで、気の狂う男とも見えません。それに第一、あの変てこな玉は、一体全体なんの道具なのか、どうして彼がその中へはいっていたのか。玉のことは、そこにいた誰もが知らぬというのですから、おそらく彼が工場に命じて秘密にこしらえさせたものでありましょうが、彼はまあ、この玉乗りのガラス玉を、一体どうするつもりだったのでしょうか。

部屋の中をうろうろしながら、笑いつづける彼、やっと気を取り直して、涙ながらに、その袖《そで》を捉える女、その異様な興奮の中へ、ヒョッコリ出勤してきたのは、ガラス工場の技師でした。私はその技師をとらえて彼の面喰《めんく》らうのも構わずに、矢つぎ早やの質問をあびせました。そして、ヘドモドしながら彼の答えたところを要約しますと、つまりこういう次第だったのです。

技師は大分以前から、三分ほどの厚みを持った、直径四尺ほどの、中空のガラス玉を作ることを命じられ、秘密のうちに作業を急いで、それがゆうべ遅くやっとできあがったのでした。技師たちはもちろんその用途を知るべくもありませんが、玉の外側に水銀を塗って、その内側を一面の鏡にすること、内部には数カ所に強い光の小電灯を装置し、玉の一カ所に人の出入りできるほどの扉を設けること、というような不思議な命令に従って、その通りのものを作ったのです。できあがると、夜中にそれを実験室に運び、小電灯のコードには室内灯の線を連結して、それを主人に引き渡したまま帰宅したのだと申します。それ以上のことは、技師にはまるでわからないのでした。

私は技師を帰し、狂人は召使いたちに看護を頼んでおいて、その辺に散乱した不思議なガラス玉の破片を眺めながら、どうかして、この異様な出来事の謎を解こうと悶《もだ》えました。長いあいだ、ガラス玉との睨《にら》めっこでした。が、やがて、ふと気づいたのは、彼は、彼の智力の及ぶ限りの鏡装置を試みつくし、楽しみつくして、最後に、このガラス玉を考案したのではあるまいか。そして、自からその中にはいって、そこに映るであろう不思議な影像を、眺めようと試みたのではあるまいかということでした。

が、彼が何故《なぜ》発狂しなければならなかったか。いや、それよりも、彼はガラス玉の内部で何を見たか。一体全体、何を見たのか。そこまで考えた私は、その刹那、脊髄《せきずい》の中心を、氷の棒で貫かれた感じで、その、世の常ならぬ恐怖のために、心の臓まで冷たくなるのを覚えました。彼はガラス玉の中にはいって、ギラギラした小電灯の光で、彼自身の影像をひと目見るなり、発狂したのか、それともまた、玉の中を逃げ出そうとして、誤まって扉の取手を折り、出るに出られず、狭い球体の中で死の苦しみをもがきながら、ついに発狂したのか、そのいずれかではなかったでしょうか。では、何物がそれほどまでに彼を恐怖せしめたのか。

それは、到底人間の想像を許さぬところです。球体の鏡の中心にはいった人が、かつて一人だってこの世にあったでしょうか。その球壁に、どのような影が映るものか、物理学者とて、これを算出することは不可能でありましょう。それは、ひょっとしたら、われわれには、夢想することも許されぬ、恐怖と戦慄の人外境《にんがいきょう》ではなかったのでしょうか。世にも恐るべき悪魔の世界ではなかったのでしょうか。そこには彼の姿が彼としては映らないで、もっと別のもの、それがどんな形相を示したかは想像のほかですけれども、ともかく、人間を発狂させないではおかぬほどの、あるものが、彼の限界、彼の宇宙を覆いつくして映し出されたのではありますまいか。

ただ、われわれにかろうじてできることは、球体の一部であるところの、凹面鏡の恐怖を、球体にまで延長してみるほかにはありません。あなた方は定めし、凹面鏡の恐怖なれば、御存じでありましょう。あの自分自身を顕微鏡にかけて覗いて見るような、悪夢の世界、球体の鏡はその凹面鏡が果てしもなく連なって、われわれの全身を包むのと同じわけなのです。それだけでも、単なる凹面鏡の恐怖の幾層倍、幾十層倍に当たります。そのように想像したばかりで、われわれはもう身の毛もよだつではありませんか。それは凹面鏡によって囲まれた小宇宙なのです。われわれのこの世界ではありません。もっと別の、おそらく狂人の国に違いないのです。

私の不幸な友だちは、そうして、彼のレンズ狂、鏡気ちがいの最端をきわめようとして、きわめてはならぬところを極めようとして、神の怒りにふれたのか、悪魔の誘いに敗れたのか、遂に彼自身を亡《ほろ》ぼさねばならなかったのでありましょう。

彼はその後、狂ったままこの世を去ってしまいましたので、事の真相を確かむべきようがとてもありませんが、でも、少なくとも私だけは、彼は鏡の玉の内部を冒したばっかりに、ついにその身を亡ぼしたのだという想像を、今に至るまでも捨て兼ねているのであります。

著者略歴

夢野久作（一八八九年〜一九三六年）

福岡県福岡市出身。本名、杉山泰道。右翼の大物杉山茂丸の子として生まれる。僧侶、新聞記者などを経て作家となる。

一九二二年、杉山萌円の筆名で童話「白髪小僧」を刊行、一九二六年には、「あやかしの鼓」を雑誌『新青年』に発表した。一九二九年発表の「押絵の奇蹟」が江戸川乱歩に絶賛されるなど次第に評価が高まっていった。一人の人物の語りで物語が進行する独白体系と、本文がそのまま書簡形態である書簡体系が特徴的である。怪奇味、幻想性の濃い作品が多く、独特な世界観を作っている。主な作品に、「ドグラ・マグラ」「少女地獄」「猟奇歌」などがある。

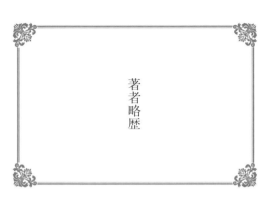

小川未明（一八八二年〜一九六一年）

新潟県出身。早稲田大学生時代に坪内逍遥や島村抱月から指導を受けた。また、当時出講していたラフカディオ・ハーンによる講義にも大きな刺激を受けた。

一九〇四年、大学在学中に処女作「漂浪児」を雑誌『新小説』に発表し、好評を博した。この時、逍遙から「未明」の号を与えられた。卒業後は早稲田文学社に入り『少年文庫』の編集に携わる一方、小説や童話の創作活動は続けられた。一九二六年、「小川未明選集」を発売したのを契機に童話創作活動に専念していくことを決める。

一九二一年、代表作「赤い蝋燭と人魚」を執筆。以後も多数の作品を残した。

海野十三（一八九七年〜一九四九年）

徳島市徳島本町出身。本名、佐野昌一。

早稲田大学理工科で電気工学を専攻。その後逓信省電務局電気試験所に勤務する傍ら、機関紙などに短編探偵小説を発表していた。

一九二八年、当時雑誌『新青年』の編集者をしていた横溝正史から見出され、「電気風呂の怪死事件」という探偵小説で文壇デビューを果たした。

様々なペンネームを使い分けながら多くの科学小説、探偵小説、さらには漫画まで執筆し、その才能を余すところなく発揮した海野は、現在では「日本ＳＦの始祖」との呼び声も高い。

江戸川乱歩（一八九四年〜一九六五年）

三重県名賀郡名張町（現名張市）出身。本名、平井太郎。一九二三年、『新青年』に掲載された「二銭銅貨」でデビューした。一九三六年には『少年倶楽部』に「怪人二十面相」の連載が始まり、児童向けの推理小説も手がけるようになった。サディズムや残虐趣味など嗜好性の強い作風が一般大衆に受け、人気を獲得していくが、戦時中は、厳しい検閲を受け、「芋虫」が発禁になるなど、受難の時代が続く。戦後は、探偵作家クラブの創立と財団法人化に尽力するなど、執筆業以外の活動も精力的にこなした。

主な作品に、「人間椅子」「パノラマ島奇談」「陰獣」「黄金仮面」などがある。

【出典一覧】

怪夢　『夢野久作全集3』（筑摩書房）
心中　『森鷗外集』（新潮社）
沼・凶　『芥川龍之介 妖術伝奇集—伝奇ノ匣③』（東雅夫編、学習研究社）
蛾　『文豪怪談傑作選 室生犀星集　童子』（東雅夫編、筑摩書房）
死体蝋燭・悪魔の舌　『怪奇探偵小説集①』（鮎川哲也編、角川春樹事務所）
魚服記　『富嶽百景・走れメロス 他八篇』（岩波書店）
人面疽　『金色の死　谷崎潤一郎 大正期短篇集』（講談社）
耳無芳一の話　『小泉八雲集　上巻』（古谷綱武編、新潮社）
百合の花　『文豪怪談傑作選 小川未明集　幽霊船』（東雅夫編、筑摩書房）
俘囚　『海野十三全集 第2巻　俘囚』（三一書房）
鏡地獄　『江戸川乱歩傑作選』（新潮社）

※本文表記は読みやすさを重視し、一部に新漢字、新仮名づかい、常用漢字を採用しました。また、今日の人権意識に照らし、不当、不適切と思われる語句や表現については、作品の時代的背景と文学的価値とを考慮し、そのままとしました。

文豪たちが書いた怪談

2020年8月7日　第一刷

編　纂　彩図社文芸部

発行人　山田有司

発行所　〒170-0005
株式会社　彩図社
東京都豊島区南大塚 3-24-4
MT ビル
TEL：03-5985-8213　FAX：03-5985-8224

印刷所　新灯印刷株式会社
URL　https://www.saiz.co.jp
https://twitter.com/saiz_sha

　ISBN978-4-8013-0448-2　C0193